素浪人無惨帖

島田一男

目次

素浪人無惨帖

必殺有情剣

1

「さあさあ、始まりだよ、始まりだ。お江戸八百八町に隠れもねえ水木都賀太夫(だゆう)の南京(ナンキン)出刃打ちだッ……」

春といっても名ばかりだった。白鬚(しらひげ)から佃島(つくだじま)へ、大川の川っ面を吹き渡る筑波颪(つくばおろし)のからっ風を切って、両国の掛け小屋から、呼びこみの仙太の声が威勢よく響いてくる。

「なんだいなんだい、それでも江戸っ子かい？　いくら絵看板を眺めていても、看板から出刃は飛んでこねえよ。さあさあ飛び入り勝手だ。飛び入りは……都賀太夫の的に立って、体はもとより、おべべの糸目一つ切っても二十両だよ、二十両……。やいやい、二十両って大金を見たことがあるかい？　吉原(よしわら)で全盛の華魁(おいらん)が一両で買えるんだ。二十両といや華魁二十人分だよ。ぶったまげたか……」

仙太は勝手なことをわめき続けている。その仙太が、ふっと、ことばを切った。奇妙な男が、すーっと、木戸を通ろうとしたのである。

「おっとっと、見物かね、旦那ア？」

「的になるのだ」

「それなら十六文払っていきな、木戸銭だ」

「帰りに払ってやる」

「帰りに!?」

「二十両の中から、十六文差し引けばよかろう」

「けっ、うちの都賀太夫が、出刃を打ち損じるっていうのかい？」

「いや、わしのほうから、出刃に当たるつもりだ」

仙太は、あっけにとられて、男を見た。――侍のようでもあり、そうでもない……。

男は、おどろくほど長い無反りの大刀を、すとんと落とし差しにしていた。それ一本きりである。武士なら、もう一本、小さいやつを差していなければならぬはずである。

さらに、黒紋付きの着流しで、奇妙なものを羽織っている。――ただの羽織から両袖をもぎとったような格好……。襟が広くて、どちらかといえば陣羽織に似ていた。生地は、それが南蛮渡りの黒ラシャというのか、どっしりとしている。

背中に、渦巻きのような尾長三つ巴(どもえ)の紋が、大きく縫いとりしてある。

目鼻立ちのきっぱりとしたいい男だった。切り下げ髪に束ねた髷(まげ)の根元を、紫色のひもできゅっと大きく蝶結(ちょうむす)びしている。それが一段と男っぷりを引き立てていた。

「おめえ、両国で、小屋を荒らすつもりか?」

「ほお……。あと払いではいかぬか?」

「あたぼうよッ。代は見ての帰りというけちな見せ物たアねたがちがわあ」

「よし……。つり銭をよこせ」

男は、ちりんと、小判を一枚、仙太の前の木戸銭箱へほうりこんだ。

仙太が二度びっくりした。十六文の木戸銭に一両小判を出されても、どうにもならない。——一両は、一文銭四千枚なのである。

「だ、旦那……勘弁しておくんなさい。意地がわりいや、旦那は……」

「つり銭がないか?」

「あるはずがねえじゃありませんか」

「では、預けておく」

男は、目をぱちくりさせている仙太をしりめに、すっと小屋へ入った。

「――おお……」

何に驚いたのか。男は、客を押し分けるようにして、いちばん前へ出た。

舞台では、すでに、座頭水木都賀太夫の曲芸が始まっている。小手調べの二、三番が済んで、いよいよ呼び物の南京出刃打ち……。

舞台下手に立った都賀太夫は、華やかな水色の袴の股立ちを高々ととり、紅地に金色の桜を散らした大振り袖を緋鹿の子のたすきでたくし上げている。

花かんざしもあでやかな江戸前のいい女だ……。

一方、下手の戸板の前にも、女が立っていた。――年のころは十七、八……年ごろなのに白粉っ気もなく、黒っぽい紫地に矢がすりの着物……。なにからなにまで、派手な都賀太夫とは正反対である。どうやら、武家娘らしい。

それにしても、こんな娘が、なぜ南京出刃打ちの的を買って出たのであろう……？

「――しまった！　遅れたわい……」

さっきの奇妙な男が、軽く舌打ちをした。

的の娘は、両手を広げて、じっと目を閉じている。――静止した水のように、娘の表情は硬く動かない……。が、盛り上がった胸のあたりは、さすがに、大きく膨らんではしぼんでいる。

「東西東西……。お待ちかね南京出刃打ちの始まり始まり……。きょうの的は珍しくおむすだよ、おむす」

口上の豆蔵がそういうと、みだらな顔で、ちょいと肩をすくめた。

「出刃打ち始まってこのかた、初めての女性の的だ。きょうのご見物は運がいいよ、運が……。されば、まず最初は那須の与市は扇の的とござーい……」

そのことばが終わるのと同時に、ぷすりッと、鋭い出刃包丁が一本、娘の髷すれすれに、戸板へ突き刺さっていた。

どっとお客がはやしたてる。

「東西……お次は雌蝶雄蝶の舞い……」

ぴかりッと、出刃が舞台を横切った。ぷすっと、娘の右のどわきへ突き刺さる。さすがに、二十両の大金を賭けるだけあって、都賀太夫の腕は確かだ。

「ただいまのが雌蝶だよ。つづいて、左側へ雄蝶が飛びまーす……」

口上につれて、都賀太夫の手が上がった。

「えーいッ！」

三度目の気合い……。

ぴゅっと出刃が手を離れた。

が……、かちっ……と、出刃は舞台の真上で跳ね上がると、ずしっとたたき落とされていた。

あっ……驚いたのは、見物よりも都賀太夫だった。

「――だれだい、こんなわるさをしやがるのはッ」

舞台の真ん中へ走り出た都賀太夫が、ぐいっと手を突き出した。――その手には、小柄が一本、握られていたのである。

「――すまんすまん……。悪気でしたことではなかったのだ……」

一本刀の男が、のこのこと舞台へ上がっていった。

「なんだい、おまえさん!?」

「わしか……、うん、じゃが太郎兵衛」

「なんだってッ」

「ははは……そう怒るな。おまえほどすぐれた腕前の出刃打ちが、的に立った女が死ぬ気でいるのに気づかぬとは……」

「えっ！」

都賀太夫は初めて的の娘を振り返った。——娘は、くずおれるように、顔を押さえて、戸板の前に泣き伏していた……。


それからしばらくして、じゃが太郎兵衛と名のった男は、掛け小屋の楽屋で、むっつりと顎(あご)をなでていた。

その前で、都賀太夫のお都賀が、的に立った娘から訳を聞いている。

「じゃ、おまえさん、ほんとうに死ぬ気で、あたしの的になったのかえ？」

「すみませぬ……。父の眼病を治すため、二十両のお金が欲しゅうございました」

娘のことばに、お都賀もじゃが太郎兵衛のほうへ向き、両手をついた。

「恐れ入りました、先生……。あたしゃまだ修業が足りませぬ」

「ふふふ……、買いかぶるなよ。わしは、舞台に立った娘御を見て、死ぬ気だと悟ったわけではない。小屋の前で、呼び込みの男の、二十両……ということばに、きっと振り返った娘御の顔に、殺気に似たものがあった。それで、娘御のあとから、わしも入ってみた。ただそれだけのことだよ」

「だけど、あたしゃ恥ずかしい。娘さんの顔色に、どうして気がつかなかったのでしょうねえ……」

じゃが太郎兵衛が、突然、きちんと座り直した。

「太夫(たゆう)……頼みがある」

「なんでござんしょう?」

「娘御に二十両やってくれぬか」

「えっ!?」

これには、娘も驚いて顔を上げた。

「殺さないまでも。傷をつけても、糸目ひとつ切っても、しくじったと思って、出してやってくれぬか?」

「先生……」

お都賀は、ちょいと困ったように、てれくさく笑った。

「二十両なんて大金、ありゃしませんよ」

「なに!? では、賭け金はいつわりか」

「いいえ……。あたしゃ出刃の打ち損じはしやあしません。うぬぼれじゃありませんよ。生きた人間を的にするからには、それだけの自信があればこそなんです。もしやり損なったら、二十両が三十両、たとえ千万両積んでも買えない命がなくなるんですもの……」

「なるほど……、わかるような気がするな」

じゃが太郎兵衛は娘に顔を向けた。

「金はわしが都合しよう」

「いいえ、とんでもございません。不心得なわたくしをお救いくだされましたことだけでも、お礼を申さねばなりません」

「しかし……うん、そうか……と、引きさがるわけにもいくまい」

じゃが太郎兵衛は、無理に、娘から名前を聞いた。——もと勘定吟味役並木宮内の娘で桐江……、浪人した父といっしょに、下谷竹町の裏店に住んでいるという。

「では、金は、一両日のうちに、必ず届ける。ふふふ……、出かけていって心配をかけるより、来てもらえば世話なしだが、実はわしは宿なしだ」

「まあ、先生！　ほんとうですか？」

お都賀がじゃが太郎兵衛の引き締まった顔を見詰めた。

「お上手なこと、きれいな奥さまがおありのくせに……」

「家さえないやつに、女房や子供があるか」

「それがほんとうなら、あたしんとこでお宿いたします」

「ほお、それはありがたい！」

「だけど、汚いとこですよ」

「いや、どこでもかまわん。では、ちょっと引っ越しの挨拶に行ってこよう」

「あら！　宿なしだとおっしゃったじゃありませんか」

すると、じゃが太郎兵衛は、ぬけぬけと言ったものである——

「昨夜までは宿があった。今夜から宿なしになるところだったのだ……」

2

その夜、じゃが太郎兵衛の姿は、意外なところに現れていた。上野の森の奥深いところ、一品親王輪王寺の宮さまのお居間である。

夕方から、碁盤をはさみ、春の夜寒も忘れて、びしり、びしりと、烏鷺を戦わせている。宮さまが黒で、白をじゃが太郎兵衛が握っていた。

ごーん……と、清水山から打ち出す鐘が聞こえてきた。

「——いかんな……。また一目負けたらしい」

「なかなかご上達になりませぬな……」

いよいよもって、じゃが太郎兵衛とは奇妙な男である。——女芸人のお都賀と心安く口をきくかと思うと、宮さまに向かっても、遠慮のないことばを使っている。

じゃが太郎兵衛は石を片づけた。

「ただいまの鐘は、五ツ（八時）でございましょう。では。これにて……」

「行くか？」

「はあ、長々お世話になりましたが、ご本坊はやはり窮屈でござります」

「ははは……、寺は不自由なものじゃでのう、酒に食べ酔うこともできぬ、生ものも食せぬ」

「今宵(こよい)よりの宿は、女芸人の住まいにござります。ご本坊とは異なり、ぐんといきなことでござりましょう」

「ほう、いきとな……。いきとは、どのようなことじゃ？」

「ははは……、宮家とは、未来永劫(みらいえいごう)、縁なきものでござりましょうよ」

宮さまは、また、びしりッと、白い石をお打ちになった。碁盤のまんまんなかである。いわゆる天元の一目。

「この石は、当将軍家じゃ……」

じゃが太郎兵衛は、ふっと、宮さまのお顔を見つめた。

「妻妾(さいしょう)二十一人……。中に最愛の寵女(ちょうじょ)を……」

宮さまはまた石を一つ置かれた。今度は黒い石である。

「お美代(みよ)の方という」

「聞き及んでおります。石翁(せきおう)中野(なかの)播磨守(はりまのかみ)が娘とか」

「いや、実は、中山法華経寺智泉院の住職日道の隠し子じゃ」

話しながら、さらに黒い石を一つ……それは智泉院日道を意味するものらしい。

「もう一つ……」

また、びしりッと、三つ目の黒い石……。ちょうど、黒石三つが、白石を囲んだ形になった。

「恐れながら、その石、水野出羽守でござりましょう?」

「うむ……、出羽、日道、お美代……白が危ないわ。このままでは、白は死ぬな」

じゃが太郎兵衛は再び宮さまのお顔を見詰めた。

「日道は、お美代と計って、おのが智泉院を将軍家菩提所となし、この上野寛永寺、芝増上寺と立ち並ばせようと企てておる」

「僭上至極ッ……」

「また、出羽守は、お美代にとり入り、将軍の寵臣となって政事を私し、粗悪なる小判を乱造し、万民を窮乏の底へ追い落とさんとしている」

「宮家……」

じゃが太郎兵衛は、じっと、宮さまのお顔の色をうかがった。

「白を救うには……、もはや遅すぎますかな?」

「いやいや、黒の切りようによっては、まだ助ける道は残されていよう」

「では、切ればよろしいでしょう」

「切れるかな?」

「切りましょう。さてと……、どの石から……」

「そうさのう……」

宮さまのお手が、ふっと動いた。

と、そのとき——

すっくと立ったじゃが太郎兵衛が、一間ほど離れた畳を、とんと踏んだ。

「しばらく……」

「——出ろッ、ねずみッ!」

それから一呼吸……。じゃが太郎兵衛は、さっと右へ走り、だっと障子を押し開いた。

ぱっと縁の下から黒い影が飛び出し、横っ飛びの蟹走り(かにばし)りで、つつつつと、暗い庭先を駆け抜けていく。

「待て、隠密ッ！」

じゃが太郎兵衛が広縁から飛び降りた。

「あ、これ……」

宮さまがお呼び止めになった。

「山内では斬るなよ」

「承知ッ……」

じゃが太郎兵衛は黒い影を追った。

逃げた隠密はかなりの忍者だったらしい。木の間隠れに上野の森を突っ切ると、煙のように、清水坂の石段をふわりッと駆け抜けていった。

が……、石段を降りきったとたんに、ぎょっと立ち止まった。すさまじいばかりの三日月と不忍池を背に負い、不気味な影が立っていたのである。

「――ねずみか……。来いよ。斬りはせぬ」

その声を聞いた隠密は、ぱっと、宙へ飛び上がっていた。くるり、くるり、くるり……、手と足で水車のように回りながら、二、三間ずつ飛んでいく。

——もうよかろう……、不忍池を半周ほどして、ひょいと立ち上がった隠密が、だだだっと、後ろへよろめいた。はるか後ろへ引き離したはずの男が、すぐ目の前でにんまり笑っていたのである。

「——聞いたか？」

じゃが太郎兵衛が尋ねた。

「宮家の囲碁話、聞いたであろう？」

が……、隠密は、ひと言も口をきかず、じりじりとさがっていった。

「——やっ！」

じゃが太郎兵衛が、とっさに、右へ飛んだ。

——ぐえっ……、隠密がのけぞった。ゆらり……と、一歩前へ出るなり、どっと、枯れ木のようにぶっ倒れた。

目と目の間に小柄（こづか）か一本突き刺さり、鼻と口から血を吹き出していた。

「よっ！」

じゃが太郎兵衛は、死んだ隠密には目もくれず、一散走りに駆けだしていた。——何者かが、うしろから小柄を投げた。小柄は、じゃが太郎兵衛にかわされ、隠密の命を絶ったのである。

走っていく黒い姿が目に入った。……もうすぐ上野山下三枚橋である……。

が、黒い姿は、そこへ行くまでに、あきらめて立ち止まった。

「えいッ！」

黒い姿は、振り向きざまに、追いすがったじゃが太郎兵衛へ、片手なぐりに斬りかかってきた。

だが、まずかった。刀を握った男の手が、ぴゅーっと、池畔の三日月に血潮を引いて飛んでいた。

ぐらりッとよろめいて、男はずどんと左へ倒れた。右手を失って、体の重心が傾いたのである。

「斬る気はなかった……」

じゃが太郎兵衛は、大刀を握ったまま、倒れた男を見下ろした。

「斬れッ！　い、命をとれッ……」

　苦しげに顔を振り上げた男は、五十がらみの総髪だった。——野駆け袴（はかま）に、ぶっ裂き羽織……、一見、町道場の主とも見える姿である。だが、これも隠密であるに違いない。

「早く手当をすれば命は助かる」

じゃが太郎兵衛は、刀の血のりをぬぐって、立ち去ろうとした。

「待ってくれッ……。わ、わしに、用はないのか？」

「ある……。が、尋ねても答えまい」

「では……、な、なぜわしを斬った？」

「無理をいうな。斬りかけたのはそちらが先だ……。それに、あの男も貴公の小柄で死んだ」

「どうせ、死ぬ男だ。隠密が、そ、それと知られては、生きてはおれぬ。て、敵に斬られるか、仲間に斬られるか。み、みずから命を絶つか……。そ、それが隠密の宿命だ」

「あまりしゃべるな。このうえ血を流せば、助かる命も助からぬ」

「無用な、し、斟酌（しんしゃく）……。わしも、生きてはおれぬ体になった……た、頼む……」

「首をはねてくれというのか？」

「いや……」

男は、残った腕で懐を探ると、どさりッと、金包みらしいものを地面の上に置いた。

「――か、神田、明神下……。と、常盤津の師匠文字春に……」

男は、苦しげな息の下から、じゃが太郎兵衛を見上げた。

「――わ、わしの子が……、う、生まれるのだ……」

3

それから半刻(一時間)ほどして、じゃが太郎兵衛の一本刀、陣羽織姿が、神田明神下から湯島の坂をてくてくと上っていた。

この辺り、江戸名代の岡場所に近く、宵のうちはざわめいているが、それでも、四ツ(十時)近い今は、人影はまばらである。

あの男から、ただ明神下と聞いただけなので、文字春という女の家は、なかなか探し出せなかった。

もう、六、七人に尋ねている。最後に尋ねたすし屋の出前らしい男から、この坂の近くにけいこ場の看板をかけているのがそうではあるまいか、と教えられたのである。

ぽつんと提燈(ちょうちん)が一つ、坂を下りてきた。

「――淡路島、通う千鳥の、恋のつじうら……」

よく通った女の子の声である。

「――これ……」

じゃが太郎兵衛は、すれ違いざまに、つじうら売りを呼び止めた。

「この辺りに、常磐津のけいこ所があると聞いたが……」

「文字春のお師匠さんですか?」

女の子は、こまっちゃくれたことばづかいだが、はきはきと答えた。

「半町ほど先の路地を曲がって、突き当たりです。曲がり角にお酒屋さんがありますから」

「かたじけない」

「でも……」

「どうした?」

提燈の灯をうけた女の子が、ふっと顔をこわばらせたが、すっと、逃げるように一歩さがった。

「いいえ……、どうも、しないんです……」

「そうか……」

じゃが太郎兵衛はまた坂を上っていった。

教えられた酒屋はすぐ見つかった。すでに大戸をおろし、横の路地は真っ暗である。

「――おい……」

路地へ入ろうとすると、低い声が呼び止めた。

「――そこは行き止まりだぜ」

酒屋の天水桶(てんすいおけ)の陰に、無職の三下らしい男が、犬のようにうずくまっていたのである。

「承知している」

「見かけねえ野郎だなあ」

「ふふふ、初対面のようだな」

「帰れよ」

「そうはいかぬ。文字春に用があるのだ」

「師匠はふさがってるよ。帰れッ。帰らねえかッ」

三下の手が、どんと、じゃが太郎兵衛の胸を突こうとした。

――うっ……三下は、横っ倒しに、つんのめっていた。じゃが太郎兵衛が突き出した刀の柄頭に、みぞおちを当てられていたのである。

じゃが太郎兵衛は、なにごともなかったような顔つきで、路地を入っていった。

が……、いきな格子戸の前で立ち止まると、ほほう……と、けげんそうな顔をした。

――さびのある男の声が聞こえてくる。

「――さ、張った、張ったッ。丁目続きだ。もうひと押ししてみる度胸はねえかッ」

その声につれて、ざわざわと揺れる大勢の気配……。

「――はてな……」

じゃが太郎兵衛は、もう一度、格子戸のまわりを見まわした。――常磐津御稽古所、文字春……、確かに看板が出ている。

右側に三間ばかり板塀が続き、羅漢槇が細っこい枝を張り出している。その枝の下のくぐり戸には、掛け金がおりていなかった。

裏庭へ入ったじゃが太郎兵衛は、しばらくの間、障子に映る影を見ていた。

ふた間続きである。表のほうが広く、男の影が立ったり座ったりしている。十人はいるであろう。狭い奥の座敷の障子には、影は映っていなかった。

が……、男と女の話し声が聞こえてきた。

「いくらくれえ持ってくるかな?」

「十両と言っといたよ」

「けっ、それっぽっちか」

「だってさあ、子供が生まれるってのが口実だもの、二十両の三十両のって吹っかけられやしないやね」

じゃが太郎兵衛は、ぬれ縁の近くに立ったまま、懐の金包みを探った。どっしりとした手ごたえは、確かに二十両はあるはずである。

「――哀れな男よ……」

そう口の中でつぶやいたじゃが太郎兵衛は、右腕を切り落とした隠密(おんみつ)を思い出していた。――

その男は、金包みをじゃが太郎兵衛に預けると、がぶっと舌をかみ切っていた。彼は、やがて生まれるであろうわが子の幸せを願いつつ、隠密のおきてに従い、みずからの命を断ったのである……。

おそらくは、文字春という女を、心から信じきっていたのであろう。ところが、女は、けいこ場で賭場を開き、情夫を引き入れていた。隠密にしてはうかつな話である。が……、考えようによっては、女のほうが一枚うわ手だったともいえよう。

また、男の声が聞こえた。

「ほんとうに子供が生まれるのか？」

「生まれるさあ」

「くそッ、面白くもねえ。中条流で流しちまえッ」

「ばかあ……。おまえの子じゃないか」

だっと、じゃが太郎兵衛が大地をけっていた。ぴしっと、たたきつけるように障子を開く……。

「——あっ！」

抱き合っていた男と女が、離れもせず、ぽかんと、じゃが太郎兵衛を見上げた。

女は、おしろい花のように華奢(きゃしゃ)で、色白で、あだっぽく、男は、でっぷりとした赤っ面で、顎(あご)の剃(そ)り跡が青々としていた。

「わ、わりゃなんだッ？」

男がわめいた。

「ある男に頼まれ、金を持ってきたッ」

「よっ！」

「が……、気が変わったッ」

「くそッ！」

男は、文字春を突き放すと、傍らの長脇差(ながどす)へ手を伸ばした。

「野良犬ッ！」

叫ぶのといっしょに、じゃが太郎兵衛の体がきりっと一回転した。

「わっ！」

「きゃー！」

男と女が同時に頭を抱えた。男のやくざ髷(まげ)と、女の天神髷が、ぽろりと落ちていたのである。

「犬め……。せめて、生まれる子供だけは人間らしく育ててやれッ」

「出てこーいッ！　野郎ども、出てこーいッ」

が、早くも、じゃが太郎兵衛はくぐり戸から風のように飛び出していた。

「――汚いッ！　汚いッ！　汚いッ！……」

ぺっぺっと唾（つば）を吐きながら、やみに包まれた坂を駆け下りていく。

明神下から下谷竹町まで、ほんの五、六町である。じゃが太郎兵衛は昼間助けた桐江の長屋をめざしていた。

見るからにうらぶれた三軒長屋だった。木戸に近い軒下には――のり……と書いた木札が、風に揺れている。いちばん奥の腰高障子には、大工と書いてある。

じゃが太郎兵衛は、真ん中の破れ障子をたたいた。

「――お尋ね申す。並木どのはご当家か？」

しばらくして、暗い家の中から、しわがれた声が答えた――

「さよう……並木宮内は拙者でござるが……」

「桐江どのの父御（ててご）でござるな？」

「娘にご用か？」

じゃが太郎兵衛は、障子の破れ目から、ぽーんと金包みを投げ込んだ。

「拙者、じゃが太郎兵衛……。怪しい金ではござらぬ。ご自由にお使い願いたい……」

そういうと、素早く長屋を飛び出していた。


走りながら、じゃが太郎兵衛は苦笑いしている。

「――怪しい金ではござらぬ……か。ふふふ」

実は、じゃが太郎兵衛は、今夜、別れのご挨拶（あいさつ）よりも、金を借りるつもりで輪王寺の宮さまにお目通りを願ったのである。

ところが、碁のお相手を申しつけられ、つづいて、白石と黒石の禅問答に似た幕府のうちわ話となり、つい借金を言いそびれているうちに隠密騒ぎが持ち上がり、そのまま上野を飛び出してしまったのである。

が、世の中は面白い。

「――あの隠密も、多情な文字春へやるより、桐江へ贈ったほうを喜んでいよう……」

じゃが太郎兵衛は、勝手にそう決めて、神田川の岸へ出た。

「――やっ、いたいたッ！　あの野郎だ、たたんじまえッ」

だだだだっと、五、六人の男が駆け寄ってきた。――真ん中でどなっているざんばら髪は、じゃが太郎兵衛に髷を飛ばされた文字春の情夫だった。

「たわけッ！」

じゃが太郎兵衛は吐き出すようにいった。

「子供のために、首をはねずにおいたわしの仏心がわからぬかッ」

「くそったれめッ。うぬを生かしといちゃ、海鳴りの三太の名がすたらあ。それッ！」

男の声に、片肌ぬぎの若い男が、薪でも割るような格好で、だーっとぶっつかってきた。

「ぎゃーっ」

男の首が、三、四尺上でわめいた。首を失った片肌脱ぎの体が、とんとんとんと二、三歩あるいてぶっ倒れた。

「わかったか？　南蛮刀法逆さ車の居合い斬りだ。来る気があるか？」

そういうじゃが太郎兵衛は、長刀をずいっと右手で前へ伸ばし、左手は後ろに、腰を落とした奇妙な構えを示している。

「うるせえッ！　ひっ囲んで、一度にやっつけろッ！」

ざんばら髪の海鳴り三太がわめいた。

が……、二度とは叫べなかった。一瞬ののち、首を切り離された六つの屍が、風寒い神田川の岸に横たえられていたのである。

風雪非情剣

1

——金のなる木は何から育つ、ハンヨ、うちわ太鼓の音で育つ、そんなこたないしょないしょ……。

ごった返す両国のざわめきの中から、こんな歌声が、南京出刃打ち水木都賀太夫の楽屋まで聞こえてきた。

「——うっふふふっ……」

じゃが太郎兵衛が肩をゆすった。

「あら、だめですよう。折角締めた根がゆるんじゃうじゃありませんか……」

じゃが太郎兵衛の髪を結いなおしていたお都賀が、はすっぱに、とんと膝小僧（ひざこぞう）で男の背中を突いた。

「太夫（たゆう）……」

「あら、また太夫だなんて」

「では、お都賀さん」

「お都賀でいいんですよう」

「そうもいくまい。わしは食客だ」

「お宿はあたしが押しつけたんです……それより、なんですの？」

お都賀は、紫の紐で、じゃが太郎兵衛の髷の根をきゅっと結ぶと、黒い豊かな髪を、いとおしそうに、そっとなでた。

「大胆なやつだ」

「え!?」

「いま聞こえてくるあの歌のことだよ」

お都賀も耳をそばだてた。

──親はどこぞと、れんげ草に問えば、ハンヨ、わたしゃほうれん草の落とし種、そんなこたないしょないしょ……。

また歌声が聞こえてきた。

「あ……、あれは千年坊寝太郎のないしょ節……」

「ほう、歌の主は坊主か？」

「いいえ。俳諧の宗匠か、横町の竹庵さんといった格好のお年寄りですよ。時々、両国の盛り場や浅草の奥山に現れて、あんな歌をうたってるんですけど、別に物もらいというわけでもないんですよ」

「千年坊寝太郎……か。本名が知りたいな」

「さあ……どこからかやって来て、ふいっとどっかへ消えちゃう。だれもあのひとの正体は知らないようですよ」

舞台から、ちちちんちちちんちんと、たたみこんだ三味の音が聞こえてくる。お都賀の弟子たちが、派手な衣装で、綱渡りか行燈渡りをしているのであろう。

「太夫、いや……、お都賀さん、いや……これは困った」

「ほほほ、なんとでも呼びいいように呼んでおくんなさいましよ」

「いまの歌な、わかるか？」

「親はどこぞとれんげ草に問えば……ですか？」

「うん。わたしゃほうれん草の落とし種……」

「わかりませんねえ」

「法蓮華経を二つに割って、ほうれん草とれんげ草だ」

「おまじないですかえ?」

「いや、心憎い隠しことばだ。やはり野におけれんげ草ということばがある。巷の庶民の中から拾った女のこと……つまり、将軍家ご愛妾お美代の方のことだ」

「あれ! まあ、大それた」

「ほうれん草とは、中山法華経寺内智泉院住職日道、つまり、お美代の方の実の父親……」

「あ——それでもう一つの歌もわかりますよ。——金のなる木は何から育つ、うちわ太鼓の音で育つ……、つまり、法華寺で育ったお美代さまが、いまじゃとんだ金のなる木だってわけですね?」

じゃが太郎兵衛がこっくりうなずいた。

——智泉院日道の娘が、石翁中野播磨守の娘分として大奥に入り、今では寵愛随一のお美代の方……。老中水野出羽守でさえお美代の方の顔色をうかがっているという。日道にとって、こんな金のなる木はまたとあるまい。

——おみよどこ行く千両箱下げて、ハンヨ、わたしゃ在所へとと買いに……

三度目の歌である。

「——あら、ほんとうだ……」

今度はお都賀にもわかったようである。——お美代の方が実家の父親日道のもとへ千両箱を運んでいるという意味だ。魚もととなら、父親もととである。

じゃが太郎兵衛は、ゆっくりと立ち上がると、無反りの長い一本刀をすとんと腰に落とした。

「おや、どちらへ？」

「千年坊とやらに会うてみたい」

「あれ、物好きな……」

それでもお都賀はまめまめしく、尾長三つ巴（どもえ）の紋をつけた陣羽織を着せかけた。

楽屋口のむしろを上げて外へ出ると、さっと冷たい大川の風が裾（すそ）を吹き上げる——。

二月の声は聞いても、川風はまだまだ身にしみる。

じゃが太郎兵衛が、ふっと、足を止めた。掛け小屋の陰から、じっと、両国橋のほうを眺めている女の後ろ姿が目についたのである。

女は、十八、九かと思われた。取り上げた島田の髪がほつれて、白い首筋にからんでいる。風のいたずらではあるまい。貧しさに、髪かたちはかまっておれない……、そう考えたほうがよさそうである。

「——何かご用か？」

じゃが太郎兵衛の声に、娘がぎょっと振り返った。

「そこは風が冷たかろう。だれかを待っているのなら、小屋の中で待たれたがよい」

じゃが太郎兵衛は、まるで自分の小屋ででもあるかのように、気軽にいった。

が……娘は、ごくりと一度、生唾(なまつば)をのむと、ひと足あとへさがった。

「いいえ……ここで結構でござります」

じゃが太郎兵衛はじっと娘を見詰めた……武家育ちのように思われる。きっと結んだ口もとに、芯(しん)の強さが表れていた。

「遠慮は無用だ。座長はじめ女ばかり、心配はいらぬ」

「いいえ、ご斟酌(しんしゃく)ご無用に願いまする」

「そうか……邪魔したな……」

じゃが太郎兵衛は、くすりッと笑うと、依怙地な娘の横をすり抜けた。

両国の広小路は、寒さをすっ飛ばして、祭りのようににぎわっていた。――都賀太夫の南京出刃打ちをはじめ、蛇娘に上方軽業、十二段返しの作り物、さては女大力など、ずらりと小屋を並べ呼び込みの男が塩辛声を振り絞っている。

そんな中に、千年坊寝太郎の声が聞こえてくる。

――出羽の山伏ビードロ御殿、ハンヨ、大名小名の血の涙、そんなこたないしょないしょ……。

「――ふふふ、やってるやってる」

じゃが太郎兵衛は両国橋へ足を向けた。

――出羽の山伏とは水野出羽守のことである。その豪華な屋敷は、大名旗本どもからの賄賂で築かれたものだと歌っているのである。

両国橋の橋詰めに、人だかりがしていた。その人垣の中で、奇妙な年寄りが踊っている。ごま塩の茶筅頭に向こう鉢巻き、尻からげをした裾から、真っ赤なもも引きが出ている。それが千年坊寝太郎だったのである。

千年坊は、竹筒を片手に持ち、それを棒っ切れでちゃかぽことたたきながら、歌ったり踊ったりしている。

まぬけて、人を食って、しかも、どこかせつない姿であった。

と……、突然、両国橋を渡る通行人の流れが、さっと二つに分かれた。

「――ありゃありゃッ……」

向島の土手を降りてきた早駕籠(はやかご)が一つ、あっという間に両国橋を渡ってきたのである。

すっ裸に一丈の晒木綿(さらしもめん)をきりりッと締めた駕籠かき人足が八人、みの虫のように一丁の駕籠にとっついている。その前に、同じような裸虫が四人、駕籠につけた木綿布を肩に、つんのめるように引っぱっている。

いわゆる十二人がかりのご用早駕籠……、駕籠の中には、一人の侍が、大小を駕籠の屋根へ縛りつけ、命綱にすがりついて、まっさおな顔をしていた。――駕籠かきは宿場宿場で代わるが、侍はぶっ通しで揺られ、疲れきっているのである。

「どけどけどけッ。館山からお早だッ！」

駕籠の前を、十手を振りかざし、どなりながら走ってくる男がある。——向島の御用聞きで土手の金八……。両国界隈では土手金で通っている評判の悪い男だ。

踊っていた千年坊が早駕籠に気づいたときには、棒っ鼻が四、五間先に迫っていた。

「——どけッ！　死に損だぞッ」

土手金が千年坊を突き飛ばした。

とんとんとんと、赤いもも引きの千年坊がのめっていく。

「——おっと、危ないぞ、ご老人……」

じゃが太郎兵衛ががっしり受け止めていた。

ところが、ことはあっさりとは片づかなかった。

「——わっ！」

引き綱を肩にしていた人足の一人が、ずしーんと、両手両足をおっぴろげてしりもちをついた。千年坊が落とした竹筒を踏んで足をとられたのである。

「——くッ、くそったれめッ！」

人足がわめいた。背中に彫った平将軍将門（まさかど）の入れ墨まで真っ赤になっている。

「——ど、どいつだッ!?」

すると、駕籠の中の侍が叫んだ。

「——い、急げッ……急げッ！」

からからに干からびたのどを振り絞っている。

「——行くぞ、常州ッ……」

早駕籠は、転んだ人足ひとり残して、すっ飛んでいった。

「さあ、勘弁がならねえ……」

平将軍の常州が、ぬっと立ち上がると、辺りをねめまわした。手には千年坊の竹筒をわしづかみにしている。

「やいッ！　われだなッ」

常州は、千年坊の襟首をとって、引ったてようとした。

……が、その手を、ひょいと、じゃが太郎兵衛が逆にとって背中へねじ上げていた。

「あいたたッ！　な、なにをしやがるッ」

「お互いに運が悪かったのだ。千年坊をゆるしてやれ」

「けっ、わりゃなんだッ。お早に手向かいしやがると死罪だぞッ」

「うふっ、き、つ、ねッ」

「な、なんだとッ!?」

「虎の威をかる狐のことじゃよ。早駕籠はもう神田辺りを走っていよう。わしが相手にしているのは、ふんどし一本の裸虫じゃ」

「ぬ、ぬかせッ!」

腕をねじあげられている常州は、歯をむき出し、うしろ足でじゃが太郎兵衛をけとばそうとした。

「ほほう、これはまちごうたそうな。常州、おまえ、きつねでのうて、馬年生まれか?」

「な、なにをッ……」

「うしろ足の跳ねぶりがみごとじゃ」

「か、勝手にしやがれッ」

常州がもう一度足をあげた。

そこをぱっと手を離す。

だだだっと、前へ泳いでいく常州の後ろから――

「えーいッ!」

取り巻いていたやじ馬が、はっと首をすくめた。

ぴゅっと川風を切ったじゃが太郎兵衛の大刀が、ぱちーんと鞘(さや)に納まる。――南蛮刀法居合い斬(ぎ)りの手練は鮮やかである。

わっはは……。やじ馬が一度に吹き出した。きょとんと突っ立っていた常州が、はっと前を押さえて橋の上へ座ってしまった。――締めた晒木綿だけがすかりと切り裂かれて、はらりと足もとに落ちていたのである。

2

その夜は珍しく大雪になった。

春の淡雪などという色っぽいものではない。ぼってりとした牡丹雪(ぼたんゆき)が、天と地を包んでしまったのである。

その雪の中を、じゃが太郎兵衛が、傘もささず、合羽もつけず、むすっと腕組みをして歩いていた。

もうとっくに四ツ（十時）は過ぎていよう。

ここは、いわゆる山谷堀……南へ下れば山谷堀から大川に突き当たり、北へ上れば千住大橋を過ぎて奥州街道へ続いている。

江戸でいちばん寂しい道といえば、まずこの山谷道が最初にあげられるであろう。それは、右と左に上野の森と白鬚あたりの大川端が見通しに田んぼの真ん中に、小塚っ原の仕置き場があったからである。

いつになく不機嫌な面もちで、じゃが太郎兵衛は、雪の中を、その仕置き場へ急いでいる。

――千年坊寝太郎が首を斬られたと聞かされたのは、四半刻（三十分）ほど前のことである……。

「――ちょいと、先生……大騒ぎなんですよう……」

両国橋からどこへ行ったのか、夜更けてふらりとお都賀の家へ戻ってきたじゃが太郎兵衛に、都賀はとりすがるようにしてそう叫んだ。

「――ないしょ節の千年坊が、土手金にひっ立てられて、お奉行所へ連れていかれた。それだけならまだいいんですよう。なんのお調べもなく死罪獄門と決まり、夕方前には、首が小塚っ原の獄門台へ乗せられちまったんですとさ」

「調べもなく首をはねた!?」

「罪がはっきりしていて、調べるまでもないって、向島のご隠居さまがお奉行さまに言ったってうわさですよ。早駕籠(はやかご)、早船、早馬の邪魔をすると、事情がどうあろうと死罪なんですってねえ」

向島のご隠居とは、お美代の方の養父、石翁中野播磨守のことである。

じゃが太郎兵衛はそのまま都賀の家を飛び出していた。

「――隠居め、よい理由を見つけおった。あいつは千年坊のないしょ節が気にくわなかったのだ……。それで、調べもせずに首をはねやがった……」

そう考えると、じゃが太郎兵衛は、こみ上げてくる憤りに、じっとしていられなかったのである。

雪は底が抜けたように降り続いていた。じゃが太郎兵衛の大髷も陣羽織の肩も真っ白である。

いつか仕置き場を囲む松並木に近づいていた。

木の間越しに、ちろちろと動く火が見える。仕置き場番の非人小屋でたき火をしているのであろう。

「――よっ……」

太い松の木陰で、じゃが太郎兵衛がはっと足を止めた。

雪明かりに獄門台が見える。――台の上の黒い影は、千年坊寝太郎の首であろう。首は、非情の雪に、なかば埋まっている。かたくつぐんだ口は、二度とあの皮肉なないしょ節を歌うことはできないのだ……。

が……、じゃが太郎兵衛が立ち止まったのは、獄門台の首を見たからではなかった。

獄門台の下にうずくまる小さな影が目に入ったからである。

影は、簑と菅笠で雪を防ぎながら、大きな風呂敷を積もった雪の上に広げると、すっと立ち上がった。

「――ほう……」

じゃが太郎兵衛がのどの奥でうなった。——影は女だった。蓑を着た肩はほっそりとしていたし、獄門台に差しのばした手は白かった。

女は、伸ばした手を引っ込めると、菅笠の紐を解いた。——首を台から降ろそうとしたが、笠が邪魔だったらしい……。女は、髷をほどいて、下げ髪にしていた。

こんどは自由に手が伸びた。女は、恐れ気もなく両手で首を獄門台から降ろすと、広げておいた風呂敷にていねいに包んだ。

「——お父上……」

ぼそっとあえぐようにいった女の声が、じゃが太郎兵衛の耳に聞こえた。

「——やっ!」

じゃが太郎兵衛がきっと目を光らせた。いつの間にか、いくつかの影が、女を遠巻きにし、じりじりと囲みの輪を縮めていたのである。

白装束に白頭巾……雪にまぎらわすこの忍び装束は、間違いもなく公儀隠密の忍者である。

——一人、二人……五人、六人……白装束の数は七つだった。

「あっ！」

女がぎょっと立ち上がった。

が、もう遅い……白装束たちは、無言でさっと両手を広げると、女を中心にくるくるくると水車のように動き始めた。

「——危ないッ」

このままでは、女は目がくらんで倒れてしまう。

じゃが太郎兵衛は、雪をけって、白装束の輪を突き破っていた。

「——あーっ、あなたは……」

女が叫んだ。——お都賀の小屋の裏で、じゃが太郎兵衛の親切を振り切った依怙地（いこじ）な娘だったのである。

「むーっ！」

含み声の気合いとともに、白装束の一人が、抜き討ちに、すくい上げるように右から斬り込んできた。

「かーっ！」

じゃが太郎兵衛の口から鋭い気合いが飛んだ。

――ぐえっ……、すかっと顔を斜めに切り裂かれた男が、弓なりにそっくり返ると、雪煙をあげてぶっ倒れた。

「見たか……南蛮刀法とんぼ斬りの居合い……やめたがよかろう……」

じゃが太郎兵衛は、血刀をだらりと下げると、女を振り返ってにっこり笑った。

「そなたの父であったか？」

「はい……もと田沼さまお抱え医師河瀬道仙……。わたくしは香代と申します」

「あ……まずいな……。名のらぬほうがよかった。白装束のかたがたに聞かれてしまった。残った六人のおひと、気の毒じゃが斬らねばなるまい」

じゃが太郎兵衛がずいッと前へ出る。白装束が、ぱっと、左右に分かれた――隠密の定法、すべて無言である。

「香代どの……といったな。あとはわしが引き受けた。先にお帰りなされい」

「でも……」

「ここでも斟酌無用といわれるか」

「いいえ……あなたさまは？」

「じゃが太郎兵衛……お急ぎなされい、首は残して」

「え!?」

「首は重い……わしが持っていく」

つつつつと、白装束がひとり、刀身を下げてじゃが太郎兵衛に迫った。

「──とおっ！」

きりきりと、白装束の刀が雪の空へ舞い上がった。

ひーっ……叫んだ男ののど笛からぷーっと噴き出した血潮が、雪と白装束を紅に染めた。

ぱたぱたぱたッと、香代が簑を翻して逃れていく。

「あとは五人か……」

じゃが太郎兵衛がつぶやくようにいった。

「ものは相談だが、貴公たち、隠密をやめる気はないか……。今宵のことは忘れるのだ。あの娘の名も、わしの名も忘れる……あしたからは刀を捨てて新しく生きる道へ進んではどうだ……」

が……五人の男は、刀を構えたまま、答えようとはしない。

「わしは斬りたくないのだよ。貴公たち、きょう館山から来た早駕籠のことを知っていよう。知っているはずだな。千年坊はそれが口実で斬られたのだから。あの早駕籠は、房州海岸へ異国の鯨とり船が来たことを、館山藩から知らせるものだった。ご存じかな？」

それでも男たちは答えず、足の指を尺とり虫のように動かして、じゃが太郎兵衛のすきをねらっている。

「えらい時代が近づいてきている。水野出羽守や中野石翁にこき使われて、あたら命を捨てるのはばかげたことだ。そうは思わぬか？」

「問答無益ッ！」

初めて、一人の男が叫んだ。と同時に、五人の隠密が必殺の刃（やいば）を振りかぶった。

が……瞬間にして、雪の小塚っ原に立っている影は一つになった。

「――千年坊よ、参ろうか……」

じゃが太郎兵衛は、倒れている七つの影には目をくれず、千年坊の首包みを取り上げた。

と……だしぬけに、女の声が聞こえた。

「その首、買いましょう……。千年坊寝太郎こと河瀬道仙に有縁のものじゃ……」

女は獄門台の傍らに立っていた。茄子紺の被布と紫縮緬のお高祖頭巾は雪に白くなっている。雪の夜の獄門台と女……ぞっと背筋の冷たくなるすさまじさである。

が、じゃが太郎兵衛は、低い声で、ゆっくり答えた——

「折角だが、この首は売れぬ。預かり物だ……」

3

「——じゃが太郎兵衛……ほほほ……よいお名じゃ」

女が、口もとを手の甲で押さえて、あでやかに笑った。

大川端、駒形堂に近い屋敷内である。外目には大商人の寮とも見えるが、華やかな飾り燭台に照らされた数々の調度は、七曜星の金紋を散らした大名道具ばかりである。

酒肴を運んでくる女たちも町家の女中とは思えない物腰だった。

つい先ほど、じゃが太郎兵衛は、小塚っ原で出会ったお高祖頭巾の女に、この屋敷へ導かれたのである。

「——なにを考えておいでじゃ？」

女が再び華やかな笑顔で尋ねた。お高祖頭巾の下は、緑の黒髪をぷっつりと切りそろえた下げ髪姿だった。

年齢のころは二十七、八とも見えるが、あるいは三十を越えているかもしれぬ——つんと、目もとから鼻筋へ険が走り、切れ長の目は冷たく澄んでいた。

「——さよう……国中に大名小名数多しといえども、七曜星の紋所はわずかに二家……。三万六千石九鬼長門守どのと一万石田沼玄蕃頭どの……あ、そうか」

「おわかりかえ？」

「たしか、千年坊河瀬道仙と有縁のものと申された。千年坊は田沼家お抱え医者だったとのこと。とすれば、ご後室には——」

「ほほほ……ご後室？　わらわはいまだ夫を持ったことはないぞえ」

「ほう……では、その切り髪は？」

「夫をうしのうた女だけが髪を切るとはかぎるまい。家を失い、親を失い、つまりはこの世に望みを失えば、髪も切ろうし、尼にもなろう。わらわは、亡き田沼主殿頭の娘、万寿院市姫じゃ。幼いころには、河瀬道仙がわらわの脈を診たこともある」

「なるほど……されば、有縁に違いない。万寿院どのには主筋、千年坊は家来筋」

じゃが太郎兵衛は、そっと、後ろの障子を振り返った——縁側には千年坊の首包みが置いてある。

「じゃが太郎兵衛、礼をいいまする」

「はてな?」

「そなた、道仙の娘、香代を救うてくれたではないか」

「なぜ、わしの前に、万寿院どのみずから娘を助けようとはなされなんだ?」

「わらわは女じゃ……忍者七人の相手はできぬぞえ」

「ははは……」

じゃが太郎兵衛は、屈託のない笑い声をあげると、ひょいと、万寿院市姫のつんとした顔を無遠慮に指さしたものである。

「その目の配り、身のこなし……かなりできますな?」

「まねごとじゃ」

万寿院は、話をそらせるように、朱塗りの杯を差し出した。

「じゃが太郎兵衛……礼心じゃ。存分に過ごしてたも」

腰元が右と左から銚子(ちょうし)を持って近づいた。が、じゃが太郎兵衛は、にんまりほほえむと、首を振った。

「折角ながら……」

「酒は嫌いかえ？　では、茶など立てましょうか？」

だが、じゃが太郎兵衛は再び無愛想に首を振った。

「はて、珍しい……酒も茶も飲まぬのかえ？　では、これはどうじゃ？」

ぴゅっと、朱塗りの木杯が、じゃが太郎兵衛の眉間(みけん)へ飛んできた。

さっと杯を払い落としたじゃが太郎兵衛の眼前へ、すーっと万寿院が小太刀を突きつけていた。

左側にいた腰元が、さっとじゃが太郎兵衛の一本刀を奪って、奥へ駆け込んでいく。

ただだっと足音が乱れ、手に手に薙刀(なぎなた)を抱え込んだ腰元が三人、ぐるりッとじゃが太郎兵衛を取り囲んだ。

「ははは……こんなことだろうと思った。酒にも茶にも——しびれ薬が仕込んであったことだろうよ。したが、じゃが太郎兵衛よ、大事な刀を奪われるとはだらしがないぞ……」

そういって、じゃが太郎兵衛は、座ったまま、ぽんぽんと自分の頭をたたいている。

が、実は、内心、じゃが太郎兵衛は舌を巻いて驚いていた。

万寿院市姫の構えは、明らかに、一撃、心の臓を貫く冷酷無残な京派鬼一流の小太刀……剣先からめらめらとあやしい炎が立ち昇るようなすさまじい殺気である。

一方、侍女たちの薙刀は無明正流。引けば突き、入れば斬る、天地息入の構えでぴたりッとつけている。

――しかも、じゃが太郎兵衛は得意の一本刀を奪われているのだ。

――危ない！　じゃが太郎兵衛は小塚っ原の血闘に数倍する危険を感じとっていた。

――まず、時を稼がねばならぬ。長引かせば、死中に活を見つけ出すことも不可能ではあるまい……。

「――観念しやったかッ……」

万寿院市姫が、びしっと、平手打ちを食わせるような激しいことばをたたきつけた。

「わしは刃物を振りまわす女は嫌いだ」

じゃが太郎兵衛は、ふふんと、鼻の先で笑った。

「万寿院市姫……あたら美しい女盛りを、恋も知らず、情も知らず、かわいや命を小太刀にかけるか」

「いうなッ！」

万寿院の切っ先がびくっと震えた――じゃが太郎兵衛の一言が、女心の急所を突いたらしい……。

「わらわは家のために、女の望みを捨てたのじゃ。田沼の家を興さねばならぬッ」

「田沼家は小禄なれども大名のはず。……玄蕃頭どのは無縁のひとか」

「玄蕃頭意明はわらわの甥じゃ。なれど、たかが新知一万石……。領地もなければ居城もない。父、主殿頭は、遠州相良で五万七千石を領していた」

「悪銭身につかず、主殿頭どのは悪政をほしいままにした報いで、領地お召し上げとなった。身から出たさびだ。やむをえまい。新知一万石を頂いただけでも大した拾いものだ」

「じゃが太郎兵衛ッ、父を辱めるのかッ」

「ものの道理を話しているのだ。ところで、わしをどうする？」

「中野石翁へ土産にするのじゃ」

「ほう……」

　じゃが太郎兵衛はのっそり立ち上がった。

　きっと、万寿院や侍女たちが目を光らせる。だが、じゃが太郎兵衛は、はぐらかすように、両手を後ろで組んだ。

「千年坊寝太郎は、中野石翁、水野出羽守、智泉院日道、ならびにお美代の方の悪業をないしょ節にうたって首になった。亡き旧主主殿頭どのへ、せめてもの供養のつもりだったのかもしれぬ。ところが……」

　じゃが太郎兵衛は、二、三歩あるいて、くすくす笑った。

「家来の千年坊でさえけなす中野石翁へ、市姫どのは土産を贈って機嫌をとろうとする」

「千年坊の道仙は、時世を知らぬうつけ者じゃ……わらわは待っていた。小塚っ原の雪の中で待っていたのじゃ。道仙の首を奪いに来る者があれば、ひっ捕らえて石翁へ
……」

「どっこい、わしは捕らえられぬぞ」

「斬るッ！」

万寿院が、形のよい下唇を、きゅっと醜くひきゆがめた。――ほんとうに斬る気だ！

うそでも、脅かしでもない……。

「斬って、死骸を土産にするッ」

「ははは……わしを斬ることもできまい」

「おのれッ！」

ぱっと、じゃが太郎兵衛が畳をけった。

「――ちえーいッ！」

じゃが太郎兵衛の体がつむじ風のように一旋した。

色とりどりの袂が八つ、きりきりきりと舞い上がって、落花のようにひらひらと落ちてくる。

万寿院市姫をはじめ三人の侍女は、小太刀、薙刀を振るうことも忘れ、茫然と立ちつくしていた。――四人の女は、一瞬にして、両の袂を切り払われていたのである。

じゃが太郎兵衛は、無反りの一本刀を真横に伸ばす奇妙な南蛮流の構えのまま、にやりッと笑っていた。

いつ、どこから一本刀を手に入れたのか……。

その訳はすぐわかった。じゃが太郎兵衛の後ろの障子が三寸ほど開き、ちらりちらりと、大きな牡丹雪（ぼたんゆき）が吹きこんでいる。

その縁側に、一本刀の鞘（さや）を抱いた千年坊の娘、香代が立っていたのだ。

「――かたじけないぞ。香代どの……小塚っ原で助けたわしが、今度は助けられた。父（てて）御（ご）の首級はそこに置いてある。はよう寺へ持ってお行きなされい」

じゃが太郎兵衛が、万寿院をにらんだまま、こういった。

やがて、小さな足音が遠ざかった。――香代は、ついにひと言もしゃぺらず、父親の首を抱いて立ち去ったのだ。

「男なら、袂を切らずに、首を斬り落としていたのだが……」

じゃが太郎兵衛は、しゃべりながら、後ろ手で障子を開いた。

「わしは女を斬るのは嫌なのだッ」

そのことばと同時に、じゃが太郎兵衛は、さっと、縁側へ飛び出していた。

そのかわりに、雪が、どっと、渦を巻いて吹き込んでくる。

が……万寿院市姫たちは、まだ悪夢を見続けているかのように、みはった瞳をじっと庭先のやみへ向けたまま動かなかった。

流星無明剣

1

桜にはちょっぴり早いが、それでも、三月の声を聞くと、大川の水はぬるみ、足もとを吹き抜ける風もめっきり春めいてくる。

わけて、夜ともなれば、大江戸八百八町は春でおぼろで、背伸びをしたようなのどかさである。

「――お酒一ちょうお代わりーッ……」

ほっぺたの赤い小女が、きんきんと景気よく声を張りあげる。

両国の盛り場広小路をすぐ目の前に控えた薬研堀河岸(やげんぼりがし)に、五日前から店を開いた居酒屋。軒にぶら下げた赤い大提燈(おおぢょうちん)には、墨黒々と、〝はんよ〟と書いてあった。

ついせんだってまで、この店は〝船よし〟といった。船頭あがりの吉兵衛(きちべえ)じいさんと孫娘のお新の店だったのである。が、いまは縄のれんもつり行燈(あんどん)もまっさらなものに代わり、吉兵衛やお新の姿も見えない。

「——はいよ、お酒一、あがったよ……」

そうこたえている格子造りの帳場の男は、昼は南京(ナンキン)出刃打ちの小屋で威勢よく客を呼んでいる呼び込みの仙太だ。

そのまた奥でお燗番(かんばん)をやっているのが、なんと、もと勘定吟味役並木宮内……。そういえば、店でせわしげに働いている五、六人の女の中に、宮内の娘桐江と、千年坊寝太郎こともと田沼家お抱え医師河瀬道仙の娘香代の姿が交じっている。

「——ほほほ、香代さんも桐江さんも、まだ板につきませんねえ……」

店の隅で、空き樽(だる)に腰を下ろし、ちびりちびり杯をなめているじゃが太郎兵衛に、出刃打ち太夫(たゆう)のお都賀がささやいた。

「やっぱり育ちは争えませんよねえ。胸をぐっと反らせてさ、あれじゃ……いらせられましょう……って言ったほうが似合うじゃありませんか」

「しかし、二人とも、結構、楽しそうだな」

「ええ……あの娘たち、なんでもいいから一生懸命働いてみたいというんで、ちょうど売りに出ていたこのお店を手に入れてあげたんですけどねえ……」

桐江は、父宮内の眼病治療の費用ほしさに、出刃打ちの的に立ってじゃが太郎兵衛に救われ、香代は、小塚っ原の獄門台から父千年坊の首を盗み出そうとして、じゃが太郎兵衛に助けられた。その二人に、こんどはお都賀が暮らしの道を開いてやったのである。

「——考えてみると、かわいそうですよねえ」

「どうして？」

「だって、先生、世が世なればお二人ともお嬢さま。それが、職人や商人にお酌をしなきゃならない」

「いいことだよ」

「え!?」

「偉いんだ、あの二人は……。侍だって町人百姓とちっとも変わっちゃいない。それを、侍は偉いと思っているのは武家の思いあがりだ。そんな考えを、香代どのと桐江どのは振り捨てた。二人とも、顔や姿も美しいが、心根も美しい」

「先生！　やけますすよ。ちっとはあたしも褒めてくださいましよ」

「そりゃ太夫は――」

「あれ、また太夫だなんて……」

奇妙な男がよろめくように入ってきたのはその時だった。

「いらっしゃーい……」

そういった小女が、ぎょっと、声をのんだ。――男は、髷が乱れ、めくら縞の素袷の前をはだけ、その上、はだしだった。まだ若い……。二十三、四だろう。が、顔は青ざめ、目じりをつり上げて、唇をわなわなと震わせている。

「お……お新さんは？」

男はあえぐように尋ねた。小女は、ごくりと生つばをのんで、男の顔を見詰めているだけである。

「よう、急ぐんだッ。呼んでくれ。お新さんを呼んでくれッ」

「ちょいと……。〝船よし〟のお新ちゃんのことかえ？」

お都賀が声をかけた。と、こんどは男が、ぎょっと、血走った目でお都賀をにらんだ。

「あ……おまえさんは、南京出刃打ちの……」

「そう、お都賀だよ。知ってるのかえ？」

「好きなんだ。二、三度、見物に行った」

「おや、ごひいきさまだね。おまえさん、お新ちゃんを捜しておいでのようだけど、もうここにゃいないよ」

「え！　いない？」

男は、よろよろっと、お都賀に近づいた。

「そんなはずはねえッ。お新さんはどこへも行かずに待ってるといった」

「ごちそうさまだねえ……だけど、もうこのお店は〝船よし〟じゃない。〝はんよ〟てんだよ。代が変わったのさ」

そういわれて、きょろきょろと辺りを見まわした男は、初めて、店の様子が変わっているのに気づいたようである。

「畜生ッ！　おれが……命がけで逃げてきたのに……」

「逃げてきた!?　おまえさん、島破りかい？」

「ち、違う！」

男は激しく首を振った。

「おれは科人(とがにん)じゃねえ。まっとうな職人だッ。奉行所も、島も知らねえ」

「じゃ、どこから逃げてきたのさ?」

「い、言えねえ」

男は、力のない足取りで、出入り口のほうへ近づいていった。

「ちょいと……お新ちゃんのいるところ教えてあげようか」

「え!? し、知ってるのかッ」

「お新ちゃんに会って、どうする気だえ?」

「どうもしねえ。ただ、江戸を逃げ出す前に、ひと目だけでも会いてえ。もし、お新さんさえその気なら、いっしょに連れていく」

「下谷だよ」

男は、じっと、お都賀を見詰めた。

「下谷はどこだ?」

「三味線堀わきの蜂(はち)ノ巣(す)長屋……。だけど、たぶんお新ちゃんはいっしょに行けないよ。吉兵衛じいさんが中気になったのさ。それで、この店も売りに出したくらいだからねえ」

「そ、そうだったのか……」

「ちょいとお待ちよ……」

お都賀は、帳場へ入ると、仙太の履いている草履を脱がせ、それを持って戻ってきた。

「これを履いてお行き」

「すまねえ。恩に着るぜ」

「縁があったら、また出刃打ちを見ておくれ」

「うん……」

男が初めて笑った。ぴくぴくと唇をひきつらせた泣き笑いである。

と……突然、じゃが太郎兵衛がすっくと立ち上がった。

「おい、待てッ！」

「えっ⁉」

男が振り返った。

「待てッ。出てはならぬッ」

「くッ、くそッ！」

何を勘違いしたか、男は歯をむき出すと、ぱっと縄のれんを跳ね上げた。

「あ、ばかッ！」

だっと、じゃが太郎兵衛が大地をけった。と同時に、無反りの一本刀をびゅーっと横に払っていた。

「ぎゃーっ！」

「うーっ！」

悲鳴とうめきが同時に聞こえた。

男は虚空をつかんでのけぞった。左肩から右胴っ腹へ、あざやかな袈裟(けさ)斬りが決まっている。

丸太ん棒のようにぶっ倒れるはずみに、ちゃりちゃりちゃりーんと、二、三十枚の小判が男の切り裂かれた懐からこぼれ落ちた。

どの小判も、ぴかぴかと、つや出しをしたかのように光り輝いている。

「――宮内(くない)どのッ……」

じゃが太郎兵衛は帳場の奥へ声をかけた。

「貴公はもと勘定吟味役、小判にかけては玄人だ。この小判をお調べ願いたい」

そう言っておいて、じゃが太郎兵衛は表へ出た。

黒頭巾(くろずきん)の男が、広小路を突っ切り、両国橋のほうへよろめいていく。——黒頭巾は、お新を捜して〝はんよ〟を訪ねた男を斬(き)ったのだ。が……同時に、じゃが太郎兵衛の一本刀に、右腕を斬り落とされていた。

じゃが太郎兵衛は、縄のれんの外に迫る殺気を感じて男を止めたのだが、男はそれに気づかず、みずから死地に飛び込んで、黒頭巾に斬られたのである。

両国橋の上には別の黒頭巾が二人立っていた。一人はやせて背が高く、ほかの一人は、ずんぐりして、おそろしく背が低い。

「——待て……」

橋際で、黒頭巾に追いついたじゃが太郎兵衛が、落ち着いた声で呼びかけた。

「貴公のことは聞こうとは思わぬ。居酒屋〝はんよ〟で斬られた男は何者だ。そして、あの男はなぜ斬られたのだ」

が……男は、振り返りもせず、泳ぐように両国橋を渡っていった。

橋の上に立っていた二人が、片腕を失った黒頭巾に近づいた。

「斬ってくれッ！　わしの任務は果たした。頼む、斬ってくれッ。苦しいのだッ」

片腕の男がうめくように叫んだ。

「みごとな覚悟ぞ！　あっぱれ忍者ッ！」

ずんぐりした男が、叫ぶようにそういいながら、片腕の黒頭巾にすっと近づいた。

――うっ……、片腕の男が、角兵衛獅子（かくべえじし）のように、上半身を反らせた。いつ抜いたのか、背の低い男は、脇差（わきざし）で、片腕の男の心の臓へとどめを刺していたのである。

「――ほほう……」

じゃが太郎兵衛がつぶやいた。

「お新を訪ねてきた男、忍者三人にねらわれるとは、よほど大事のものそうな――」

「きえーいッ！」

背の高い男がすくい上げるように斬り込んできた。

じゃが太郎兵衛の体が、くるりと半回転して横へ飛ぶ。

「――とーっ！」

ずんぐりした男の脇差が突っ込んでくる。

が……、次の瞬間、大小二つの影が、よろッ、よろッ、よろりッと右へ左へよろめき、ばったり倒れた。

じゃが太郎兵衛は一本刀を空にかざした。――月はなかった。無数の星が、狭い刀身に、ちかちかと写っている。そして、切っ先二寸ばかりに、すっと血潮がにじんでいた……。

2

「――ほう、水野出羽め、いよいよ粗悪小判を造り始めたとみえるのう……」

上野一品（いっぽん）親王輪王寺の宮さまは、じゃが太郎兵衛が差し出した真新しい小判をお手にとられた。

宮さまのご寝所である。夜中、高貴の方のお寝間まで入っていけるじゃが太郎兵衛は、不思議な男だ。宮さまも、白綸子（しろりんず）のお寝巻きの上に羽二重の襟巻きを召されただけ、じゃが太郎兵衛には気軽にお会いになる。

「わたくし存じよりのもと勘定吟味役並木宮内の目ききによりますと、この小判、金五歩五厘、残り四歩五厘は銅と銀と申しております。五十年前の享保小判は金九歩、今日通用の元文小判ですら金が七歩……」

「ふーむ……。しかし、それにしては、この小判、いかにも美しい金色じゃのう」

「並木宮内申しますには、金質を落とし、色の悪い小判も、硝石を梅酢で練ったものを塗りつけて炭火で焼きますと、上側の銀と銅は消え去り、純金の肌色になるとのことでございます」

「つまり、これは色つけ小判じゃな。よい証拠が手に入った。出羽守をいじめてくりょう」

それから、宮さまがふっとお顔をお上げになった。

「この小判を所持していた男は何者であろう」

「これより調べようと思っております。あの男を斬り捨てたのは公儀隠密の忍者。あるいは、水野出羽をはじめ、中野石翁、智泉院日道、ひいては将軍ご愛妾お美代の方をとっちめる証拠が握れるかもしれませぬ」

「面白いな……。場合によっては、輪王寺の名を使うがよい」

上野の山内を出たじゃが太郎兵衛は、車坂からまっすぐ南へ下った。三味線堀へはほんの七、八町である。

この辺りは、大名屋敷が並んでいて、日が暮れるとひっそりしている。

「――あれーッ！」

ぱっと辻行燈（つじあんどん）の陰から飛び出した女が、どーんとじゃが太郎兵衛にぶっつかった。

「待てッ！」

転げるように走り去ろうとする女の背中へ、じゃが太郎兵衛の一本刀がぴかりと光った。

とんとんとんと五、六歩前へ出た女は、ぺたんと地面に座って、うっと息をのんだ。――すかりッと帯を切り落とされ、着物がはだけて、見るも哀れな姿になっていたのである。

「――出せ……」

刀を納めたじゃが太郎兵衛に、女は握っていた小判をおずおずと差し出した。――ぶっつかりざまに、素早くすり取っていたのである。

天神髷に黒襟の半纏、いかにも江戸前のあだっぽい女である。

「だれに頼まれた？」

「頼まれやしません。出来心ですよ」

「うそをつけ……。人通りの絶えた屋敷町、こんなところに掏摸が網を張るものかッ」

じゃが太郎兵衛は、新鋳の粗悪小判を懐中にしまうと、にっこり笑った。

「が……いい腕だよ、わしのふところを抜くとは……」

「旦那こそ、いい腕ですねえ。着物一枚残して帯だけ切るとは……あたしゃ背筋を断ち割られたかと思いましたよ。旦那は女は斬らぬと聞かされて安心していただけに、命が三年がとこ縮みました」

「ふん……そうか……」

今のことばで、この女掏摸がだれに頼まれたかじゃが太郎兵衛にはわかった。

――わしは女を斬るのは嫌なのだ……そういったのは、あの雪の夜、駒形の屋敷で、田沼主殿頭の娘万寿院市姫とその召し使いの女剣士たちに囲まれたときだった。

「女……市姫どのにいうてくれ。いかに家を再興したいからとて、世の中を毒する中野石翁づれのご機嫌とりはいい加減になされい……とな」

そういうと、じゃが太郎兵衛はもうすたすたと歩きだしていた。――このことばは、しがない女掏摸に聞かせたのではない。どこか近くに隠れているであろう市姫へ投げつけたのである。

そこから蜂ノ巣長屋はすぐ近くだった。

蜂ノ巣長屋とは、いみじくも、よくぞ名づけたものである。たった一つきりの井戸を真ん中に、針箱の小引き出しのようなちっぽけな長屋が、丸く、三重四重に重なりあっている。家数にしたら、四、五十軒はあるかもしれぬ。これを上から見下ろせば、まさしく蜂ノ巣そっくりに見えたかもしれない……。

尋ねたずねてやっとたどり着いた吉兵衛の家の表には、隣近所の男女が大勢集まっていた。

「お新は？」

「へえ……、ついさっき、土手の金八親分にひっ立てられていきましたよ。あとにゃ中気のじいさまがひとり……かわいそうで見ちゃあいられませんよ」

気のよさそうな男がそう説明した。

――しまった！　遅れたわい……、じゃが太郎兵衛は心のうちで舌打ちをした。――通称土手金……、あこぎな縛り屋として名の通っている向島の御用聞きである。香代の父親千年坊寝太郎も、土手金にしょっぴかれていき、獄門にかけられたのである。

じゃが太郎兵衛は家の中へ入った。

ひと間きりのすすけた畳の上に、吉兵衛が破れ布団にくるまっている。

「口はきけるか？」

が……、吉兵衛は、じっと、うつろな瞳をじゃが太郎兵衛に向けているだけだった。

「そうか……。が、耳は聞こえるじゃろう？　わしは、米沢町の居酒屋〝はんよ〟――、さきごろまでおまえさんがやっていた〝船よし〟のことだよ……あの店を買ったお都賀のゆかりのものだが、今夜、職人風の男が、お新を訪ねてきた。お新とは言い交わした仲らしかった」

すると、いままで眠ったように力のなかった吉兵衛の瞳が、急にぱっと輝いたようである。

「心当たりがあるんだな？　あの男は何者だね？　あ、といっても、答えることができないのか……」

しばらく考えたじゃが太郎兵衛が、ぽんと膝をたたいた。

「これからわしが、いろはをいう。まだるっこしいけど、一字一字教えてくれ。よしか。いろはにほへと、ちりぬるをわか――」

ぴくっと、吉兵衛の瞼が動いた。

「――か……だな？　では、次は」

じゃが太郎兵衛はいろはを四度繰り返した。吉兵衛が瞼を震わせたのは、――か、ね、ふ、き……の四文字。

「かねふき……？　あ？　金座の金吹き職人か？」

吉兵衛がかすかにうなずいた。

じゃが太郎兵衛には、やっと、事情がのみこめてきた。――新小判の鋳造は、世の中の動揺を恐れて、もちろん極秘で行われる。したがって、新小判が発行されるまでは、これに関係する金吹き職人を仕事場へ閉じ込めておくのが古来のならわしである。ことに、金質の悪い小判をこしらえるときには、職人の取り締まりが厳重をきわめることはいうまでもあるまい……。

あの男は、本町一丁目にある金座の金吹き部屋から逃げ出してきた職人だったのだ。

――なぜ逃げ出したのか？　極秘鋳造の取り締まりのきびしさに耐えかねたのか、お新恋しさのあまりだったのだろうか……。

――おそらく、その両方だろう……、じゃが太郎兵衛は、そう考えた。

男は、逃げしなに、新しい粗悪小判を幾枚か盗み出した。それを路用にして逃げるつもりだったのか、この粗悪小判を暴露するためであったか、それはわからない。今となっては死人に口なしである。

が……金座役人は慌てた。知らせを受けた勘定奉行も狼狽した。さらに、この粗悪小判の鋳造を計画した中野石翁、もう一つ上にあがって老中水野出羽守も驚いたに違いない。かくて、公儀隠密の出撃となったのであろう……。

じゃが太郎兵衛は、またもや、いろはを幾度も繰り返して、金吹き職人の名を尋ねた。吉兵衛の瞼は、三度まばたいて……に、き、ち、……と答えた。

「そうか、金吹き職人の仁吉だな？　よしよし、心配するな。お新はわしがとり戻してやる」

じゃが太郎兵衛は、吉兵衛にそういって、蜂ノ巣長屋を出た。――ここからまっすぐ、向島の土手金の家へ乗り込むつもりである。

「土手金は金吹きの仁吉が斬られたことをまだ知らなかったのだ。それで、恋人のお新をつかまえて、仁吉をおびきよせようとしたのだ。とすると、お新は奉行所などへは送られていない」

　じゃが太郎兵衛はそう判断した。


「――もし……じゃがたらの旦那……」

　突然、女に呼び止められた。――鳥越明神裏の寂しい暗がりである。

　すっ……と近づいてきたのは、天神髷の女掏摸だった。

「お新ちゃんがどこへ連れていかれたか、教えたげましょうか？」

「土手金をとっちめればわかるだろう」

「土手金がどこにいるか教えましょうか」

　じゃが太郎兵衛は女掏摸を見詰めた。

「そんなことをいえば、味方を裏切ることになるぞ」

「だって、さっき帯だけ切って、命を助けていただいた。あたしにゃ借りがあるわけじゃありませんか。借金返しのつもりですよ。お新ちゃんは、土手金に連れられて、向島のご隠居――」

だしぬけに、じゃが太郎兵衛が女掏摸を突き飛ばした。だーんと、すさまじい音が響くのと同時だった。

しゅっ……と、弾がやみを切って流れた。

「――あ……、おのれッ……」

四、五間離れた黒板塀の陰で、かすかに叫ぶ女の声が聞こえた。――お高祖頭巾の女が、短銃を握った手を頭の上にまわして、身もだえしている。じゃが太郎兵衛の早業、女掏摸を突き飛ばすのと同時に、小柄を投げて、狙撃した女の袖を板塀に縫いつけていたのである。

もがいているお高祖頭巾の女は万寿院市姫だった。

3

新番頭格で二千石、中野播磨守……いまは隠居して石翁と号し、向島に住んでいる。

これが〝向島のご隠居〟である。

屋敷は、三囲と白鬚の中ほどにあった。——屋根が、満天の星の光をうけて、夜目にもくっきりと瑠璃色に光っていた。総唐金ぶきだからである。ぐるりと巡らした築地の白壁は、ぼーっとやみの中へ溶けこんでいるほど長い。

とても二千石くらいの隠居の住まいと思われぬ豪壮さである。——それもそのはず、石翁は、いま大奥第一の権勢をうたわれるお美代の方の養父で、老中水野出羽守のふところ刀なのである。

じゃが太郎兵衛は、静かに表門に近づくと、堂々たる両番所付きの棟門を見上げた。まずは五万石以上の国持ち大名の下屋敷といった構えである。

じゃが太郎兵衛は、ふん……と鼻を鳴らしてから、とんとんと番所の格子をたたいた。

「——お願い申す。法華経寺智泉院より火急内密の使者でござる」

「——しばらく……」

門番は慌てて起きたようである。——お美代の方の実家智泉院の名は、大した効きめを持っている。

　やがて、ぎーっとくぐり戸があき、提燈が先に出た。

「やっ！　な、何者――」

　叫びかけた門番の声は、それきりとぎれてしまった。じゃが太郎兵衛の唐様拳法が、門番を当て落としていたのである。

　屋敷内は静まり返り、あかりもほとんど消されていた。――ほどなく四ツ（十時）でもあろう。

　だが、奥庭に面したひと間には、あかあかとギヤマン造りのオランダ燭台が輝き、光はあけ放した障子から庭先まで照らしていた。

「――ふーむ……これが逃げた金吹き人足のいろ女か……」

　中野石翁は、脇息に頬杖をついて、玉砂利の上に引き据えられたお新を見下ろした。

――ちょっとした吉良上野介といった格好である。

「よい女だの……」

「へえ……つい先ごろまで、米沢町の居酒屋〝船よし〟の一枚看板でございまして……」

お新の縄じりをとっていた土手金は、そういってから、へっへっへと、いやしげに笑った。

「斬(き)ってしまうには惜しい女だ」

「助けて、おかわいがりになりますかね？」

「ばかを申せ……。わしは年だ。もういかん……。が……」

石翁はくすりッと笑った。

「出羽どのはいかもの食いじゃよ」

「あ、なーるほど……」

土手金が、おおげさに、ぴしゃりとおでこをたたいた。

「ぴんと意気のいい下町女の味もまた格別と申すものでございますかね？」

「鯛(たい)を食い飽いた出羽どの、ときにはさんまも喜ばれるであろうよ。が……顔だけではいかん。体が見たいな」

「へえ……、いっちょ、うろこをとってお目にかけやしょうかね」

土手金はお新の帯へ手をかけた。

「あ！　ご勘弁を！」

はっと逃げようとしたはずみに、帯がするするッと解けた。

「静かにしやがれッ」

土手金が、お新の弱腰を、だっとけとばした。お新が、裾を乱して、牡丹の花のように倒れる。

「これこれ、売り物じゃ、あまり手荒く扱うな」

「なあに、こわれ物じゃございません……おい、お新、おとなしくしな。御前がおめえの肌のご検分だ。女冥利に尽きようってものじゃねえか……」

土手金は、突っ伏したお新を抱き起こすと、らっきょうの皮をはぐように、ぐいッとお新の両肩をむき出しにした。

「――ばか者ッ！」

だしぬけに横っ面をはり飛ばされた土手金は、きりきりッと、二、三度も回って、どすんとしりもちをついた。

「――よッ、曲者ッ！」

すっくと突っ立っているじゃが太郎兵衛の異様な姿に、石翁は脇息を跳ね飛ばして刀を握った。

「静かになされたがおためであろう……」

じゃが太郎兵衛は、じっと、石翁を見返した。

「きさま……何者だッ？」

「じゃが太郎兵衛……」

「やっ！　出会えッ、出会えッ、出会えッ！」

石翁が大声にわめきたてた。じゃが太郎兵衛の名は、いつか石翁の耳にも入っていたらしい。

だだだっと、おっとり刀の侍たちが二十人あまり、廊下を踏み鳴らして駆け寄ってくる。

じゃが太郎兵衛はにやりッと笑った。――どれもこれも、形ばかりの侍、腕の立ちそうなのはひとりもいない。

が……。まずなによりも、お新を助けねばならない。そのお新は、まだ縄付きのままである。

「この女、売り物と申されましたな。わたしが買いましょうかな」

「ほざけッ！　売らぬと申したらどうするッ」

「それは悪いご了見。わたしは、上野輪王寺の宮一品親王のお使い」

「なんとッ！」

石翁の顔色がさっと青ざめた。

じゃが太郎兵衛は、ほほえみを浮かべたまま、ずいッと縁側へ近づいた。

「いずれ、お身さまとは話をつけねばなるまい……。が、今宵(こよい)は宮家のお使い、——不憫(ふびん)なものじゃ、お新を買うてまいれ……と、宮家が申されました。今宵はおとなしく退散いたしましょう」

「い、いくらで買うッ？」

「金一両……」

「な、なにーッ」

歯をむき出した石翁の前に、ちゃりーん、じゃが太郎兵衛の手から小判が飛んだ。色揚げをした新鋳の粗悪小判！

「やっ！　こ、これはッ……」

「まずはめでたく取り引きは済みましたな」

じゃが太郎兵衛はまだ座ったままどんぐり眼をぱちくりさせている土手金のそばへ戻った。

「――金八……駕籠(かご)を呼んでまいれ……三味線堀の蜂ノ巣(はちす)長屋まで、酒手はずんとはずむと申してな……」

「くッ、くッ、くそったれめッ！」

「汚い！　唾(つば)が飛ぶわ……。おまえとも一度ゆっくり話すことになろう。千年坊寝太郎の礼もいわねばならぬしなあ」

土手金が、ごくりと、のどを鳴らした。


それからしばらくして、中野屋敷の表門が八文字に開かれた。じゃが太郎兵衛が、お新を乗せた駕籠に付き添って、大手を振って出てくる。

右は都鳥が鳴く隅田川……。対岸はるかに今戸や花川戸の燈火がまたたいている。左はようやくつぼみがふくらみ始めた桜堤……。駕籠は、名物桜もちの長命寺から牛の御前にかかった。

と……、じゃが太郎兵衛が、ついッと前へ出て、棒鼻を押さえた。

「――駕籠や。しばらくここで待っていろ……」

じゃが太郎兵衛は、ひとり、ぶらりぶらりと歩いていった。吹き渡る春の夜風を楽しむそぞろ歩きといった姿である。

だが、その行く手には、袴(はかま)の股立(ももだ)ちをとりあげた七人の侍が、腕組みをして待っていた。

春の夜のなごやかさも消し飛ぶすさまじい殺気が、ぴーんと、じゃが太郎兵衛の胸に響いてくる。

「――ふん、隠居の家来にも、貴公たちのような剣法手練のものがいたのか」

が、七人の武士は、無言で、さっと、じゃが太郎兵衛を取り巻いた。

「ふふふ……、わしは強い相手が大好きだ。強敵こそ、斬るにも張り合いがあるというもの……、どりゃ、南蛮刀法剣の舞い、ひとさし舞うかッ！」

「死ねッ！」

ひとりの刀が、風を巻いて、じゃが太郎兵衛の胸もとへ伸びた。

かちーん……、火花が流星のように向島土手に飛んだ。

あとは、じゃが太郎兵衛の陣羽織につけた尾長三つ巴の紋が、くるくるくると渦を巻いてやみを駆け抜けただけである。

「――駕籠や……もう済んだぞ……」

無明の土手には、七つの屍が転がっていた。が、駕籠を呼ぶじゃが太郎兵衛は、息も乱れていなかった。

明鏡止水剣

1

両国橋から日と鼻の米沢町三丁目……その裏通りの骸骨長屋に、ときならぬ騒ぎが持ち上がった。

「——さあさあ、みなさん飲んでおくんなさいよ。ほんとうなら、一軒一軒、名札を持ってご挨拶に伺うんだけど、ひとつざっくばらんにお近づきをお願いしようと、わざとこんなことをしましたのさ……」

集まった長屋の連中にそんなことを言っているのは、両国の人気者、南京出刃打ちの都賀太夫である。

井戸端に敷いたむしろの上には、煮しめと焼き魚とたまご焼き、貧乏徳利も十本あまり並んでいるし、赤飯のお握りも大鉢に山盛りである。

江戸の空は、ぽーっと煙ったような春がすみ、鳶が一羽、きーっと、大きく円を描いていた。

「地べたにむしろだけど、まあいいやね。時期遅れのお花見だと思っておくんなさい。……みなさん、よろしくお願いしますよ。長屋の奥に、きょうから移ってくるのは、じゃが太郎兵衛って先生……へんてこな名前だけど、若くて男前で、いい気っぷなんですからね」

それまでもじもじしていた長屋の男たちが、そーっと遠慮がちに欠け茶わんを取り上げ始めた。

お都賀の後ろに控えていた五、六人の女たちが、さっと分かれて男たちに酒をついでやる。

「それから、みなさん、あの娘とあの娘を覚えといておくんなさいね。これから毎日、じゃが太郎兵衛の先生んとこへ餌(えさ)を運んできますからね……」

お都賀が指さしたのは、千年坊寝太郎の娘香代と、もと勘定吟味役並木宮内の娘桐江である。――香代と桐江は、お都賀の弟子に交じって、酌をしていたのである。

「さあさあ、おっかさんたちは煮しめでお握りでもつまんでおくんなさいよ。そこの鼻ったれ坊やは、たまご焼きかい……」

お都賀の軽口に、長屋の連中も気楽に飲み食いを始めた。

ここはひどい長屋である。障子は紙が破れているし、雨戸は割れて透き間だらけ……。どこもここも骨ばかりだから骸骨長屋というのである。

「——太夫……長らく世話になったが、わしは家を持つことにしたよ」

じゃが太郎兵衛が、突然、そんなことをいった。

「あれ……、あたしんとこじゃお気にいらないんですか？」

「いや、なかなかいい。いつでも台所に酒があるし、戸棚をあければ酒のさかなが入っている。だいいち、太夫をはじめ、若い内弟子たちが大勢いるから、女護ガ島にいるようだ。いつまでもいたいよ」

「じゃ、どうして急に……」

「うん……」

じゃが太郎兵衛は、鼻の上に皺をよせて、ちょいと笑った。

「だいぶん敵ができたんでなあ……中野石翁……田沼の娘市姫……みんなわしをねらっている。わしがいつまでもいると、この家へ斬り込んでくるかもしれぬ」

「かまいませんよ」

「いや、わしがかまう。万一、太夫や内弟子たちにけがでもされはせぬかと、思うように働けぬ。……実は、もう家を借りてきたのだ」

「まあ……遠くですか？」

「いや……、鼻っ先の骸骨長屋だ」

「あれまあッ、なにもあんなおんぼろ長屋に……」

「ははは……、おんぼろだからよいのだ。骨ばかりで見通しはきくし、こわれても惜しくない……」

そして、きょうがじゃが太郎兵衛の引っ越しだった。

「——まあ、太郎さま……」

長屋の男の酒をついでいた桐江が、木戸を入ってきたじゃが太郎兵衛を見て、驚きの声をあげた。——じゃが太郎兵衛は六尺近い大きな看板を抱えていたのである。

——輪王寺宮家ご用人格、じゃが太郎兵衛宿所……。

墨黒々と書いた看板を、どんづまりの戸口へ掛けた。

長屋の連中も目をみはった。——陣羽織に長い一本刀……。侍だか、町人だか、どちらにもつかぬ異様な姿である。

「太郎さま、そんなことをなされては、相手に隠れ家を教えるようなものではござりませぬか」

香代が心配そうにいった。

「いや、いいのだ。隠れたところで、やつら捜し出さずにはおくまい。見渡したところ似たような破れ障子ばかり。間違ってほかの家へ斬り込まれたらご近所迷惑……」

じゃが太郎兵衛はにやりと笑った。

「でも、まさか太郎さまがこんなところにおいでになるとは……」

「ははは……お香代さん、相手を甘く見てはいかん……」

そういったじゃが太郎兵衛は、井戸端にしゃがみ、煮しめに手を出しているほっかむりの男へつかつかと近づくと、ぐいっと、襟首をつかんでひきずりあげた。

「あっ、な、何をしやあがるッ」

男がわめいた——が、じゃが太郎兵衛は男の顔から手ぬぐいをむしり取った。

「——ご一同……、この男は骸骨長屋の住人かな？」

だれも答えなかった。

「ふふふ、違うらしいな。お香代さん、こいつは、けさから、わしの跡をつけまわしていたのだよ……」

　——けーいッ。だしぬけに、じゃが太郎兵衛の口から、鋭い気合いが飛んだ。男の体が、空き俵のように、崩れかかった井桁へたたきつけられていたのである。

　が……、男は、ひらりッと宙を翻すと、七、八尺向こうにひょいと立っていた。

「——みごとだぞ……」

　じゃが太郎兵衛が静かにいった。

「水野出羽が家中か……。それとも、石翁の手のものか？」

「問答……無用ッ」

　男の体が猫のように飛んだ。ぴかっと光ったのは匕首らしい。

　——かーっ！　叫びざまに、じゃが太郎兵衛がふっと体を回した。

「——香代どの……」

　じゃが太郎兵衛が、無反りの一本刀を、そっと、香代の前に差し出した。その切っ先から、ぽろりッと、赤い玉が落ちた。

「あー！　は、はい……」

　香代は、慌てて、一本刀の血のりをぬぐい取った。——香代だけではない。じゃが太郎兵衛がいつ刀を抜いたのか、だれも知らなかったのである。

茫然(ぼうぜん)としていた男女の中から、うっ……と、のどが詰まるような声が聞こえた。

「あ、あいつ、どうしたんだ……」

その声に、初めてわれに返った連中が、長屋の木戸のほうを見た。——さっきの男が、あえぎながら、木戸の柱にしがみついたのである。

「——やっ、これは！」

ぱったり木戸の外へ倒れた男を飛び越えるようにして、桐江の父並木宮内が駆け込んできた。

「太郎どの……、上野の宮さまより火急のお召しじゃ」

「ほう……、それはそれは……。お世話さまでございました」

「あの男……、ただ一刀じゃな」

「いや……」

じゃが太郎兵衛はちょっと悲しそうな顔をした。

「わたしの腕がにぶったのかな……。殺さぬように斬ったつもりだが……、とにかく、上野へ参ります……」

じゃが太郎兵衛は、裾をたたいてから、ゆっくり木戸を出ると、倒れている男を抱き起こした。

やがて、にんまり、口もとに不敵な笑いが浮かんだ——

「宮内どの、お手数ながら、医者を呼んでやってくださらぬか……。この男、死にませぬ。ちょっと左足が不自由になるかもしれませぬが……。わたしは考えたとおりに斬っていましたよ……」

2

上野清水山のあたりは、赤っぽい新芽ののびた葉桜に包まれていた。

つい十日ほど前までは、八百八町からくり出した花見の男女にわれ返るような騒ぎが続いていたのだが、今はいつもの静けさをとり戻している。

そのお山へ、時ならぬ美々しい女乗り物が繰り込んだのは、およそ一刻（二時間）前であった。——一品親王輪王寺宮さまのご機嫌伺いとして、御台さまのお使い、ご本丸老女の染川が智泉院の日量を供にして訪れてきたのである。

「――えーい、遅い！　宮家とはいえ、御台さまご名代に対してあまりにも無礼……」

「まあ日量さま……、よいではございませぬか……」

染川は、じっと、熱っぽい目もとで日量を見詰めた。――老女とは役柄のこと、実は三十を過ぎたばかりの女盛りである。

日量は智泉院日道の息子……。つまり、十一代将軍家斉(いえなり)の愛妾(あいしょう)お美代の方の実の兄である。

「春じゃもの……わたしは、この若葉のにおう中で、日量さまとただ二人、こうしてじっとしているのが、いっそうれしい……」

「染川さま……」

日量は慌てて辺りを見まわした。

「めったなことを申されまするな。ここは敵地も同じこと……」

「ほほほ……、あの日量さまのお顔わいなあ……。わたしは、今、先日法華経寺へ代参でお参りした折の、日量さまとの楽しい首尾を思い出していましたぞえ」

染川は、そっとにじりよると、日量の手を握りしめて、にっこり笑った。

「も、もし……。いけませぬ。ここでは……。な、いずれまた智泉院の密室で」

日暈は染川の激しい情熱をもてあましている。

と……、とんとん……、すぐ頭の上の天井板を軽くたたく音が聞こえた。

はっと染川が身を離す。

「──何者じゃ？」

日暈が押し殺した声で尋ねた。

「姓名の儀、申し上げられませぬ……」

天井裏から答える声が聞こえた。──低いが、必要な相手にだけははっきり聞き取れる声である。忍者独特の破風の声だった。

「ただいま、輪王寺宮には、じゃが太郎兵衛に茶をたてていられます」

「けっ！　茶をッ……。われらを待たせて、茶など飲んでいるのかッ」

日暈がいまいましげに舌打ちをした。

「して、宮家のお話は？　どんなことを話しておいでじゃ？」

染川が尋ねた。

「今までのところ、格別のお物語はございません」

「では、なお抜かりのう話を聞いて、知らせてたも」

「承知……」

　それっきり、天井裏からはなんの物音も聞こえなくなった。

　忍者が染川と日量に伝えたように、奥のお茶室では、じゃが太郎兵衛が一服、飲み終わったところだった。

「――結構なお服加減でござりました」

　じゃが太郎兵衛は、茶わんを置いて宮さまの顔を仰いだ。――火急のお召しということであったが、宮さまは春の海のようにゆったりとしたご様子である。

「今、書院に、本丸老女の染川と、智泉院の日量が来ている」

「あ……、ご門前の女乗り物がそれでございますな」

「染川は、本丸老女ではあるが、お美代の方の腹心じゃ……。また、日量はお美代の兄……。女狐（めぎつね）と狸坊主（たぬきぼうず）がそろってわしの機嫌伺いじゃそうな」

「だまされておやりなさいませ。喜んで、千代田の城へ、水野出羽守や中野石翁の屋敷へ飛んでいくことでござりましょう」

「ははは……、わしはだまされぬぞ……」

　宮さまは、ご自分で茶をたてて、うまそうにお飲みになった。

「太郎……、先日手に入れた新鋳の粗悪小判はどうした？」

「ここに持っておりまする」

じゃが太郎兵衛は、ふところの胴巻きから、ぴかぴかと光る新鋳の小判を取り出して、宮さまの前に置いた。

宮さまは、その中から二枚とり上げて、一枚ずつ、懐紙にお包みになった。

「染川と日量に、一枚ずつくれてやるのじゃ。わしの手に、極秘の粗悪小判がまだまだあると知ったら、出羽め、石翁め、さぞさぞ慌てることであろう」

「では……、染川と日量は、宮家が粗悪小判のことをどれほどご存じか、それを探りに参ったと申されまするか？」

「ほかになんの目的がある。わしは、輪王寺に入ってこのかた、一度も機嫌伺いなどしてもろうたことがないのじゃ。彼らはわしの心を探りに来た。わしはこういうてやるつもりじゃ、――上野一山も手もと不如意でなあ、このような粗悪小判しか持ち合わせておらぬ。聞くところによると、法華経寺智泉院を増築して、将軍家菩提所に格上げしようとの動きもあるそうじゃが、ちっとばかり輪王寺の修理費に回してもらえぬかのう。家光公をはじめ、歴代将軍家のお霊屋（たまや）を守る寛永寺も、瓦（かわら）は落ち、壁は崩れ、いやはや、情けなきありさまじゃ……とな。どうじゃ？」

「粗悪小判の乱発を防ぎ、智泉院格上げの野望を砕く、一石二鳥の計画でございまするな」

「まだまだ言うてやりたいことがあるのじゃ」

宮さまは、にがにがしげに、懐紙で口もとをおふきになった。

「近ごろ、智泉院の日道、日量親子は、奥女中どもに僧侶にあるまじき怪しげな加持を施しているそうな」

「や、女犯でございまするか？」

「いまさら驚くにはあたらぬ。僧侶の智泉院日道にお美代という娘がある。智泉院の女犯はいまに始まったことではない」

「なるほど……。坊主日道、お美代を産む。キリシタンの聖母マリヤがデウスを身ごもりしよりも摩訶不思議でございますなあ」

「女犯、もとより許すことはできぬ。が、それよりも、僧侶が色をもって大奥の女中をたぶらかし、天下の政道を左右せんとする。断じて許すことはできぬ」

宮さまのお顔に、初めて激しい憤りがあらわれた。

「斬りましょう……。いつなりとも……お命じください。たったいま、日量を斬りましょうか？」

「これこれ、わしも僧侶じゃ。仏につかえる身で、人を斬れといえるか……ただ、太郎、日道を、日量を、ひとりひとり斬ってもことは納まらぬ。災いは根を断ち、幹を倒さねばなるまい……」

宮さまはすっとお立ちになった。

「さて……染川と日量が待ちくたびれていよう。ぼちぼち遊んでやるかな」

「しばらく……」

じゃが太郎兵衛は、じろりッと天井を見上げると、すいッと茶釜に近づくと、柄杓を取り上げた。

と――えーいッ！

じゃが太郎兵衛の手から、びゅっと小柄が天井へ飛んだ。

――うっ……と、押しつぶしたような声が聞こえてきた。

と同時に、ぷすりッと、なかば以上天井板に突き刺さった小柄を伝わって、ぼたり……、ぼたり……、ぼたり……と、真っ赤な血潮がしたたり落ちてくる。

片膝をついたじゃが太郎兵衛は、ついッと差し出した柄杓に、落ちる血潮を受けた。

「——死んだか？」

宮さまが静かにお尋ねになった。

「天井板に耳を押し当てていたようでございます。小柄は、そののどもとへ……。ねずみは往々にして天井裏で死にまする」

「——太郎……」

宮さまが、ほーっと、ため息をおつきになった。

「わしがどうして智泉院の女犯を知っていると思う？」

「たぶん……、間者を智泉院へお送りになったことと存じまする」

「そのとおりじゃ。上野山下の畳屋佐平の娘お琴……。雲州家へ女中奉公していたのを宿下がりさせ、智泉院へ入りこませた……。かわいや、お琴……、天井裏のねずみ同様、あたら若い命を落とすかもしれぬ……」

柄杓にたまった血潮はあふれようとしていた。

「——これよ……」

宮さまは手をおたたきになった。

「——だれかおらぬか……。天井裏のねずみの死骸……、どこぞ山内の片隅に葬ってやるがよい……」

3

回向院の鐘が大川を渡り、薬研堀河岸の居酒屋〝はんよ〟に聞こえてきた。

「——お香代さん……、桐江さん……今のは四ツ（十時）の鐘だろ。もう店をお閉めなさいよ……」

店の隅で、じゃが太郎兵衛の酒の相手をしていたお都賀が、ほんのり酔いのまわった顔を香代たちに向けた。

香代と桐江がこの店を始めてからおよそひと月……。お都賀は、出刃打ちの小屋がはねると、毎晩ここへ来てなにかと店の世話をやいている

桐江が、大きな紅提燈を外してくると、香代が縄のれんをおろして、表戸を閉めた。

「——いかん！　どうもいかん……」

じゃが太郎兵衛がいらいらと立ち上がった。

「おや……、どうしたんです？」

お都賀がじゃが太郎兵衛を見上げた。

「今夜は、先生、ちょいと変ですよ。さっきから、なにを話しかけてもうわの空……。そんなことじゃ心配で、あの骸骨長屋でひとり寝かせるわけにはいかないじゃありませんか」

「実は……女を待っていたのだ」

「おや！　聞き捨てにゃできませんよ。ちょいと、お香代さん、桐江さん、あんたたちしっかりしなきゃだめじゃないか。先生は、今夜、ここであいびきするつもりだったんだよ」

香代と桐江は顔を見合わせた。――お都賀を加えて三人が三人とも、じゃが太郎兵衛にひかれている。が……、抜け駆けはしまい。じゃが太郎兵衛が一人を選べば、あとの二人は黙って身を引こう。そんな約束が、言わず語らずできていたのである。

「――太郎さま……」

気の強い香代が、じゃが太郎兵衛に駆け寄った。おとなしい桐江も、訴えるような瞳(ひとみ)をじゃが太郎兵衛に向けている。

「さあ、白状なさいな、先生……。その女はどこのお姫さまなんです?」

「太夫……」

じゃが太郎兵衛は苦笑いをした。

「上野山下の畳屋の娘で、名はお琴」

「へえー、いつの間にそんな娘と……」

「これこれ……実はな、こういうわけなんだ……」

じゃが太郎兵衛は、お琴が宮家の間者となって智泉院へもぐりこんだことを物語った。

「わしは、お山からの戻りしなに、畳屋の佐平を訪ねた。今夜、三七日の参籠を終えて戻ってくるはずという。わしは、お琴が戻ったら、すぐ〝はんよ〟へ来てくれるように頼んでおいた。が……」

「先生……、もう四ツを過ぎましたよ」

「うん……、だから心配なのだ。宮さまもお心を痛めておいでになる」

「もし、今夜、お琴さんが帰ってこなかったら、どうなるんです?」

じゃが太郎兵衛には答えられなかった。――もちろん、お琴の安否は尋ねねばならぬ。が、男のじゃが太郎兵衛では、智泉院へ入りこめぬ……。

「――太郎さま、あたくしが探りにまいりましょう……」

そういったのは桐江だった。

「いいえ、あたしが、そのお役、果たしましょう」

香代が前に出た。

「悔しいねえ。あたしだって、乗り込んでいくのはへっちゃらなんだけど、悲しいことに、芸人は顔を知られている。どんなに化けたってだめだろうねえ……」

お都賀もそういって、じれったそうにかんざしで頭をかいた。

「そなたたちの気持ちはうれしいが、こいつは命がけだ」

「それなればこそ、この香代が参ると申すのです。桐江さんにはお父上がおいでです。あたしには親も兄妹もございません。太郎さまのお手伝いができれば、死んでも本望でございます」

「ありがとうよ、お香代さん……。が、ひと晩待ってみよう。もしかすると、あしたの朝、お琴は戻ってくるかもしれぬ」

しばらくして、じゃが太郎兵衛は〝はんよ〟を出た。

月はなく、星が満天をうずめ尽くしている。風が出ていた。春としては冷たい風が、大川端から裾を吹きあげてくる。

米沢町の通りは暗く、骸骨長屋は眠っていた。破れ障子を風が鳴らしている。

じゃが太郎兵衛は、吹き抜けの破れ座敷で、苦労をして行燈をつけた。

「――よっ！」

明るくなった部屋の隅に、じゃが太郎兵衛は異様なものを見た。――白木の大きな箱である。――まるで、岩見重太郎が狒々退治のときに入っていった箱と同じようなものであった。さし担い棒がついており、ごていねいに、箱のまわりにしめなわがはってある。

大体、きょう引っ越してきたばかり、家財道具は、夜具布団から、函膳、行燈まで、すべてお都賀が運んでくれたのだから、見慣れないものばかりだが、それにしても、この白木の箱は異様だった。

じゃが太郎兵衛は、担い棒をとり除いて、蓋をとってみた。

「やっ！」

さすがのじゃが太郎兵衛が、ごくりと生唾をのんだ。後ろ手に縛られた若い女の死骸が入っていたのである。

女は白縮緬の長襦袢一枚だった。つややかな椎茸髱ががっくり傾いて、乱れた髪がぱらりと二筋三筋、美しい富士額にまつわりついている。

玉虫色に光る紅の跡あざやかな唇から、すーっと血が顎へ流れていた。——明らかに、舌をかみ切って自害したのである。

二十一か二であろう……椎作髱の髪形から、御殿勤めの女と判断された。

「——もしかすると……いや、確かに……」

じゃが太郎兵衛の顔に、悲痛な色がさっと走った。

畳屋の娘お琴は、雲州松江家の奥女中だったという。——この女の死骸はお琴に違いない……宮さまが恐れていたことが、いま事実となってあらわれたのである。

殺されたのではない。が、……おそらくは、追い詰められて舌をかんだのであろう。

殺されたのと同じである。

それにしても、何者が……この死骸をここへ運んできたのか……？

じゃが太郎兵衛は、ふっと、背後に迫る殺気を感じとった。

――いるなッ！

じゃが太郎兵衛は、無反りの大刀を握って、すっくと立った。

静かに土間の草履をはきしめ、雨戸に手をかけ、じっと呼吸をはかった。

――一つ……、二つ……、三つ……。

数えているうちに、迫っていた殺気がすーっと遠ざかっていく。

――ふん、足場悪しと見て退いたな。

じゃが太郎兵衛は、ゆっくり雨戸を開いて、外へ出た。

井戸を背にして、異形の男が立っていた。――まるで武蔵坊弁慶(むさしぼうべんけい)である。顔は頭からすっぽり弁慶頭巾(べんけいずきん)で包んでいる。灰色の僧衣に、真っ白な腹帯を締め、素足に草鞋(わらじ)を履いて、弓のように曲がった陣太刀を腰に、手には金環をはめた六角棒を握りしめていた。

「――尾長三つ巴(どもえ)の紋どころに、無反りの大刀……、おぬし、じゃが太郎兵衛だな」

弁慶頭巾の男が、しわがれた声でいった。

「いかにも……」

じゃが太郎兵衛は、ちらりッと、入り口に掲げた看板に目を走らせた。

「こいつに偽りなしじゃ。中山法華経寺智泉院の用心棒か？」

「ぬかせッ……。権僧都羽前坊呑海、お琴の死骸は確かに届けたぞ」

「受け取った……。が、用はそれだけではあるまい」

「ふふふ……、死骸の受け証をもらいたい」

「わしの首か？　そうはいかぬ」

「斬れッ！」

さっと、黒い影が五つ六つ、長屋の木戸から飛び込んできた。

じゃが太郎兵衛は、敵は呑海ひとりなどとは考えていなかった。さし担いの箱をかついできた以上、一人や二人ではなかったはずである。

男たちは、同じような僧衣で、一様に弁慶頭巾をかぶっていた。いずれも白刃をひっさげている。

じゃが太郎兵衛は、男たちの頭数を数えてから、二、三歩前へ出た。

頭巾の下で、呑海がにやりッと笑ったようである。――多勢の敵を迎え撃つには、家を背後の盾にして、敵を正面に集めねばならぬ。しかるに、じゃが太郎兵衛は、家を離れて、みずから前へ出たのだ。

——血迷ったか、じゃが太郎兵衛……。

呑海はそう考えたのである。

が……、じゃが太郎兵衛は顔を暗い夜空に向けた。風は蕭々とうなっている。光といえばはるかなる星影のまたたきのみである。

しかし、じゃが太郎兵衛は血迷ってはいなかった。——暗やみの中にいて敵の動きを知り、風のうなりの中にいて敵の呼吸をはかっていたのである。——応変不動、明鏡止水……。じゃが太郎兵衛の心は澄みきっている。

「——かーっ！」

右と左から、同時に斬り込んできた。

間、一髪！　六人の男は、いつ、どうして斬られたのか、ほとんど同時に、断末魔の悲鳴をあげていた。

しかも、じゃが太郎兵衛はもとの位置をほとんど動いていない。——違っているのは、鞘を払った一本刀を、ずいッと呑海へ突きつけていることだった。

「しゃっ！」

呑海は、ぱっと飛びさがると、井戸の向こうへ回って、六角棒を斜めに構えた。――自分の考えが甘かったことにやっと気がついたのである。

呑海の目に恐怖が浮かんだ。とたんに、斬る気迫が消えて、逃れようとするあせりがあらわれた。

じゃが太郎兵衛はその瞬間を見逃さなかった。

「――はっ！」

肩すかしを食わせるような軽い気合いと同時に、一本刀の剣先が、かわせみのしっぽのように、目にもとまらぬ素早さでやみを斬っていた。

――からからっ……と、つるべが鳴った。

片方の綱が切り落とされていたのである。

呑海が、ゆらりッと、二、三歩うしろへよろめいた。六角棒を構えたままである。が……、一呼吸ののち、呑海は、六角棒を握った両手を、ぐーっと大きく左右に広げた。六角棒は、中ほどからすかりッと、斜めに切り離されていたのである。

と……、まるで墓石でも押し倒すように、呑海の大きな体が、どすーんと、あおむけにひっくり返った。――そのまま、二度と動かない。

じゃが太郎兵衛は、ほーっとため息をつくと、破れ座敷へ戻っていき、白木の箱に眠っているお琴の死に顔を眺めた。

「見たか、お琴……。南蛮刀法居合い斬り……。じゃが太郎兵衛、せめてもの供養じゃ……」

それから、じゃが太郎兵衛は、行燈の灯をふっと吹き消して家を出た。

――つらい……。お琴の死を、上野の宮さまと畳屋の佐平へ知らせるのはつらい……。が、知らさずにはおかれない……。

足を上野へ向けたじゃが太郎兵衛の陣羽織の裾を、春の夜風が吹き払っていった。

落花流水剣

1

どんつく、どんつく、どんどんつくつく……。

ぼんやりかすんだ江戸の空に、うちわ太鼓の音がひっきりなしに跳ね返っている。

太鼓を手にした老若男女が、あとからあとから、両国橋と吾妻橋(あずまばし)をつっきり、中川の平井の渡しへと続いていく。

渡し舟はたいへんな混雑だった。ふだんの渡し舟一隻では、とてもこれだけの人はさばききれない。きす釣り舟も、荷足(にた)り舟も、舟という舟は狩り集められている。

この人波はさらに佐倉街道を中山宿まで続いていた。――きょうは、中山法華経寺の末寺、智泉院の経蔵の千人突きなのである。

「――ばかな話だ……」

渡し舟を上がったひとりの虚無僧が、ぼそっとつぶやいた。――が……その声は、じゃが太郎兵衛である。

「——ほほほ、でも、千人突きとは、うまく考えたじゃありませんか……」

そう答えたのは、虚無僧のじゃが太郎兵衛に並んでいた南京出刃打ちの女太夫お都賀……。これがまた、編笠に三味線を抱えた鳥追い女に姿を変えている。

智泉院では、こんど新しく経蔵を建てることになった。その土台を固めるために、幾十本かの長い杉丸太を地中深く打ち込む。高いやぐらを組んで、十人あまりが長い綱を引き、えんやこーら、えんやこーらと、杭を打ち込むわけである。

いくらかのお燈明を納めると、この綱を引っ張らせてくれる。——経蔵の杭を突けば、必ず極楽へ行ける……というわけだ。杭一本を千人に突かす。これが千人突きである。

「人足を使わずに土台固めをした上に、お燈明代をかき集めようってんですね。智泉院の日道って生臭坊主、なかなかお金もうけがうまいじゃありませんか」

「それにうまうまと乗って、中山へ、中山へと押しかける連中の気が知れぬ」

「みんな極楽へ行きたいからでしょうよ……」

「ふん……、百姓町人ばかりか、御殿勤めらしい女もかなり行くようだ」

「やっぱり、日道坊主がお美代の方さまのおとっつぁんだからですよ」

「それだけかな……。見ろ、あの女どもの顔を。……日道か、息子の日量の顔を瞼(まぶた)に描いて、わくわくしているような顔だ」

じゃが太郎兵衛は、ぺっと、唾(つば)を吐いた。

街道沿いには、遅咲きの桜が、はらはらと花吹雪を散らしている。

どんつく、どんどんつくつく……中山に近づくにつれて、うちわ太鼓の音は一段と強くなったようである。

――向こう中山法華経寺。

どこ、どんつく、どんつくつ

――わたしゃひと突き極楽だ。

どこ、どんつく、どんつくつ

――一貫三百どうでもいい。

それ、どんつく、どんつくつ

歌う者、太鼓をたたく者、中にはお会式(えしき)ばりに万燈を振るものもあり、たいへんな騒ぎである。

「えーい、寄れ寄れ寄れッ！」

突然、しわがれた声がわめきたてた。

「──おやッ！」

虚無僧姿のじゃが太郎兵衛が足を止めた。

「あ……、あれは、向島の土手金ですよ」

「うむ、どうやら聞き覚えのある声と思った……」

じゃが太郎兵衛とお都賀は、片寄って、声のほうを見た。

向島の御用聞き土手の金八が、十手を振りまわし、うちわ太鼓の群れを追っ払っている。

「わからねえのかッ！　お美代の方さまより智泉院へご寄進のお羽二重さまのお通りだッ。寄れ寄れ寄れッ……」

金八は、このときとばかり、肩を怒らしてがなりたてている。

なるほど……、中間が差し担いにした長持が二竿（ふたさお）、金八の後ろに続いていた。……ご寄進、お羽二重……、そんな木札がつけられている。

長持の左右には、帯をヤの字に結んだお端下（はした）らしい女中が二人ずつ付き添っていた。

さらに、その両側で辺りをねめまわしている尻っからげの男たちは、金八から使われている下っ引きどもであろう。

「けっ、いやんなっちゃうねえ……」

こんどはお都賀がつぶやいた。

「公方さまに雪を献上すれば、お雪さま……。お茶を差しあげれば、お茶壺さま……。お美代の方さまが寄進をすれば、お羽二重さまですってさ。土手金のやつ、よく舌をかまずにしゃべるじゃありませんか……」

お都賀がそう言ったときだった。ぱっと、目にしみるような緋鹿の子の帯が、ゆらりッと、金八の前へ近づいていった。

「——日量さま。日量さまはどこ?」

島田の髷ががっくり傾いているが、ぞっとするほど美しい娘だった。切れ長の目は、どこを見ているのか、うつろに開き、乱れた裾からこぼれた赤い布が、白い素足にからんでいる。

「おっ! な、なんだ、てめえッ!」

「日量さまじゃ……。日量さまが会いたいというておいでじゃ」

「ちっ……。気違いだなッ」

「日量さまに会いたい。連れていっておくれ」

気の狂った娘は、がばっと、金八にしがみついていった。

うちわ太鼓の音が止まっていた。まわりにいた何十人かの男女が、茫然とこのありさまを見詰めていたのである。

金八は慌てた。

「——ど、どきやがれ、気違いめッ！」

「いやじゃ、いやじゃッ！」

「えーい、くそったれめッ」

まつわりつく娘を、だっと突き放した。

「——わっ！」

叫んだのは、すぐ後ろにいた長持担ぎの中間だった。気の狂った娘が、どーんとぶっつかっていったのである。

よろよろよろッとたたらを踏んだ中間は、すとんとしりもちをついたはずみに、担いでいた長持をほうり出してしまった。

とたんに、ぱっくり開いた長持の蓋……。中から、ころりッ……と転がり出たのは、羽二重の反物にはあらで、椎茸髱におかいどりを着たご老女風の御殿女中！

それが、ぶざまに、裾を開いてあおむけにひっくり返ったのだから、わーっと一同がはやしたてた。

「――ご老女さまッ！」

お端下たちが駆け寄って、女を抱え起こした。

「ぶ、無礼者ッ！　き、金八ッ。なにをしているのじゃ。はよう、あの女を捕まえませぬかッ」

「ヘッ、へいッ……」

やっとわれに返った金八は、きょとんと立っている狂女へ飛びついていった。

「――あ……、もしッ……」

若い男が飛び出した。――きりっとした股引き半纏姿である。

「勘弁してやっておくんなさいまし……。この女は気が狂っておりますんで……」

「なんでえ、てめえは？」

「へえ、橋場の植木屋直吉と申しやす。この女はあっしの妹で、お町と――」

「ならねえッ！」

金八はふんぞり返った。

「――勘弁してやれよーッ」

ご見物衆の中からだれかが叫んだ。

「――なーんでえ。羽二重かと思ったら、とんだ縮緬ばばあじゃねえかッ」

別の声である。どっと笑いが渦を巻いた。

金八は引っ込みがつかない。

「野郎どもッ、この二人をふん縛ってしまえッ」

下っ引きが狂女と植木屋の直吉に飛びかかっていった。

「いや、いや、いやッ！　日量さまーッ」

狂女が悲しげな声で叫んでいる。

「――やめろッ……」

いつのまにか、虚無僧姿のじゃが太郎兵衛が、狂女を押さえつけている下っ引きの襟首をつかんで、引き離していた。

「な、なにをしやがるッ」

金八が、じゃが太郎兵衛の天蓋(てんがい)へ、十手を振りおろした。

「おっと……」

すっと身をかわしたじゃが太郎兵衛は、ぐいッと、金八の利き腕をねじあげていた。

「──金八……、中野石翁が屋敷以来だなあ」

「あっ！　て、てめえは、ジャガタラ……」

「じゃが太郎兵衛だ……」

じゃが太郎兵衛は、ぽんと、天蓋を跳ねのけた。

「そこなお女中……」

金八の腕をねじあげたまま、じゃが太郎兵衛は青ざめた椎茸髱の女へ呼びかけた。

「おとなしく帰ったほうが身のためというもの」

「ぶ、無礼なッ……」

「わしはそなたを知っている……。ご本丸老女染川どの」

「えっ！」

「過日、智泉院日量とともに、上野の宮さまの機嫌伺いに行かれましたな」

女は、青ざめた顔を、さらに死人のように青くして叫んだ——

「知らぬッ！　わたしは染川ではないッ。金八ッ、金八ッ、なにをぐずぐずしているのじゃッ」

「はっ……。それッ！」

下っ引きが七、八人、じゃが太郎兵衛に向かった三人は、ほとんど同時に、うめき声をあげてぶっ倒れていた。——じゃが太郎兵衛の握った尺八が、三人のわき腹をなでただけである。

が……、じゃが太郎兵衛と、植木屋の直吉と、狂女に飛びかかった。

「——直吉とやらッ……」

じゃが太郎兵衛は狂女に駆け寄って叫んだ。

「おまえの妹はわしが預かる。上野寛永寺に連れに来いッ……」

そう叫ぶと同時に、じゃが太郎兵衛は、下っ引き二人をけとばして、狂女を左腕に抱え上げていた。

「——待てッ！」

金八がじゃが太郎兵衛へむしゃぶりつこうとした。

が……、ぐえっ……と叫んで、金八がそっくり返った。——どこから飛んできたのか、小さな石が金八の額を破り、たらりッと血の糸が引いていた。

石は、お都賀が、出刃打ちの手練で投げたものである。だが、金八は知らなかった。

2

次の日の夕方、狂女のお町は、薬研堀の居酒屋、〝はんよ〟の奥座敷ですやすやと眠っていた。

「――どうしたんでしょうねえ、先生……。直吉とかいうあの娘の兄さんは……」

お都賀が、じゃが太郎兵衛に酌をしながら、座敷のほうを見た。

「弱ったよ、今度ばかりは……」

じゃが太郎兵衛は苦笑いをした。

きのう、お町を連れて、上野へ行ったときのことである。

「――太郎……、事情はよくわかったが、ここは寺じゃ。女人を泊めることはできぬぞ」

じゃが太郎兵衛の話を聞いたあとで、輪王寺の宮さまがそうおっしゃった。

「しかし、宮家……。このものは気が狂っておりまする」

「気が狂っていても、女人はいかぬぞ」

「宮家……、狂人は女人ではございませぬ」

「ほほう……」

「狂人は狂人、女人は女人でござります」

「ははは……。女人が気が狂えば、女人でのうて、狂人になるのか」

宮さまは、面白そうに、ぽんぽんと膝をおたたきになった。

「よい……。女人は困るが、狂人は預かるとしよう……。ただし、一晩かぎりじゃ。あしたの夜は、ゆく春を惜しんで、茶の湯の席を設けることになっているのじゃ。石州流の釜屋宗雪をはじめ、末寺の住職が集まる。赤い帯を締めた狂人がいては、ちと都合が悪い」

「承知いたしました。今宵のうちか、遅くも明朝は、兄の直吉が連れに参るはずでござります」

ところが、どうしたわけか、昼過ぎになっても、直吉は現れなかったのである。

じゃが太郎兵衛は、やむなく、再び狂女のお町を連れて、上野のお山を出たのであった。

「——手を引いて歩くわけにもいかず、背負うわけにはなおさらいかず、まったく困った」

「ほほほ……、ジャガタラの先生と、気の違ったお町ちゃん、とんだ組み合わせでござんすねえ」

「笑いごとではないぞ。七、八間離れて、あとからついていった。上野のお山から、不忍池をまわって、切り通しの坂を上っていく。とんと突き当たったところが……。わかるか？」

「えーと、ちょっと待っておくんなさいましよ。切り通しを上りつめると、そうだ、水野さまのお下屋敷では……」

「うむ、老中水野出羽守の下屋敷だ……。そのまわりを、ぐるりぐるりと二、三度まわって、こんどは切り通しから明神下へ出た。そこから昌平橋(しょうへいばし)を渡って——」

「八辻(やつじ)ノ原……。あすこにゃ、青山野州さま、土井能州さまと並んで、水野出羽さまのお上屋敷がありますねえ」

「そうなんだ。お町はまた出羽の屋敷をぐるぐると回った。今度は神田の町々を通り抜けて、ふらふらと大川筋へ出ていく。わしにはわかった。お町は、向島の中野石翁の屋敷のほうへ向かっているのだ……とな。それで、この店に近づいたのを幸い、無理にここへ連れ込んだのじゃよ」

それから、じゃが太郎兵衛はくすりッと笑った。

「時々、剽軽者(ひょうきんもの)が飛び出して、お町の手など握りおった」

「おや、いけ好かない！　気の違ってる娘をからかうなんて……」

「そんなとき、お町がどうすると思う？　ぱっと手を振り切って、大きな声で叫ぶのだ、——助平ッ……とな」

「あれ、まあ！　おほほほほ、そりゃようござんすねえ」

じゃが太郎兵衛は急に難しい顔をした。

「わしは日量が憎い」

「智泉院の生臭坊主、日道の息子ですね？」

「うむ、お美代の方の実の兄だ。お町をもてあそんで捨てたらしい。そのためお町は発狂したが、日量の口からたびたび聞いた水野出羽、中野石翁のことが頭に残り、彼らの屋敷へ日量を捜しに行くらしい」

「いじらしいじゃありませんか……」

そのとき、店で働いていた千年坊寝太郎の娘香代が、はっと、奥座敷へ駆け寄っていった。

「あ……、お町さんが……」

「なにッ……。目を覚ましたか……」

じゃが太郎兵衛が立ち上がった。

お町は、裏口から出て、薬研堀河岸を両国橋のほうへ歩いていく。

「やれやれ、またお供か……」

じゃが太郎兵衛は、いつもの尾長三つ巴の陣羽織姿で、お町の後を追った。

お町は、じゃが太郎兵衛が考えたとおり、向島の石翁の屋敷へ行くつもりらしい。

狂った頭の芯に何が残っているのか、裾をひきずりながら両国橋を渡ると、大川沿いに、ゆらりゆらりと向島へ向かっていく……。

ちょうどそのころ、石翁の屋敷の豪華な正門を、そっと、人目を避けるようにくぐった忍び駕籠があった。

駕籠は、数人の侍に守られて、そのまま奥庭の茶室の前へ回された。

「――お……お着きじゃ……」

茶室から、石翁が迎えに出てきた。その後ろに、智泉院の日道、日量親子が控えている。

忍び駕籠から大儀そうに出たのは、でっぷりと太った水野出羽守忠成だった。

「――日量……、狂女のことを聞いたぞ」

「はっ……。恐れ……、いります」

「色好みもほどほどにせい……」

出羽守は苦りきっている。

「――隠居……、どうもまずいな」

茶室の客席についた出羽守が、主人席にいる石翁にいった。

「上野の宮家には、ことごとに、われらの邪魔をなされる。また、じゃが太郎兵衛とか申すやつ、われらが放つ忍者を片っ端から斬りおる……。まずいぞッ。新鋳小判の発行も、智泉院の格上げも、しばらくは見送らねばなるまいな」

「それにつきまして、ご老中……。この隠居に、いささか考えがございますが……。この際、一挙に宮家とじゃが太郎兵衛を……」

石翁は、すぱりッと、斬り捨てるまねをしてみせた。

「じゃが太郎兵衛はともかく、宮家を斬るわけにはいくまい。いや、いかん……。あとがうるさい。一品親王が斬られたとあっては、京都で黙っておらぬぞ」

すると、石翁がずるそうな顔で笑った。

「一服盛りまする。においもなく、味も色もないオランダ渡りの秘薬がござります」

「いかんいかん！　毒殺とわかっては、斬り殺すのも同じことじゃ」

「その儀はご心配無用……、のめば、ほんの二、三呼吸で死にまする。血も吐かず、斑（はん）点（てん）も出ず、まったく卒中そのままの死にざまと聞いております」

「ふーむ……、卒中で死んだと思われると申すか？」

「御意……」

出羽守が、ひとひざ乗り出して、一段と声をひそめた――

「したが、どうして宮家にのませる？」

「幸い、今宵（こよい）、上野において、惜春の茶の湯が催されまする」

「で……？」

「しばらく」

石翁は後ろに控えている日量に合図をした。

すっと座を立った日量は、やがて一人の老人と総髪の男を伴って戻ってきた。

「茶道石州流釜屋宗雪、ならびに大天流くさり鎌の名手草薙大天でございます」

石翁が二人を出羽守にひき合わせた。

「どうじゃ、さきほど申したこと、引き受けてくれるか?」

じろりッと二人を見て、石翁が尋ねた。

すると、総髪の草薙大天がにんまり笑った――

「お引き受けいたさずば、生きてこのお屋敷を出ることはできますまいな?」

「ははは……、まずな……。鉄砲、短筒など、飛び道具の用意もしてある」

「ご用心のよろしいことで……。で、みごとしとめました節のご褒美は?」

「ご老中水野出羽守さまにお願いして、武芸師範として抱えていただく……。どうじゃな?」

「じゃが太郎兵衛はこの草薙大天が引き受けました」

「それでよしと……」

石翁は釜屋宗雪に顔を向けた。

「宗雪……」

「は……」

宗雪は、そっと、両手をついた。

「おそれながら、茶道はこれすべて無に通じまする」

「面倒くさいな。いやじゃと申すのか？」

「たとえ命を召されましょうとも……」

「いやか？」

「宮さまのお命をねらいますなどとは、思うだに恐ろしききわみ」

「宮家も人間じゃよ」

「しかし……」

「待て待て……。宗雪、たしか、妻はなかったな？」

「先年、みまかりましてございます。ただいまは娘二人を相手に暮らしておりまする」

「年ごろか？」

「は……？」

「いくつじゃ？」

「姉には、近々、弟子を婿に迎え、妹は、その後、かたづけたいと存じておりまする」

「かわいや……。あたら花盛りの娘二人を散らすか……」

宗雪が、ぎょっと、顔を上げた。

「なんと仰せられました？」

「不承知ならじゃ、娘二人の命もなくなるであろうと申したのじゃよ」

石翁は、懐から小さな銀色の紙包みを取り出すと、ぽんと、宗雪の前へ投げた。

「親子姉妹命を捨てるか、将軍家お相手の茶道宮家にお取り立ていただくか、道は一つじゃ。好きにするがよかろう……」

宗雪は、手をついたまま、しばらくのあいだ動かなかった。

みるみる、宗雪の額には、ぷつぷつと脂汗が浮いてくる。

やがて、宗雪は、静かに銀紙の包みを取り上げると、青ざめた顔をきっと上げた。

「上野の宮さまのお茶席は暮れ六ツ半（七時）よりでござりますれば、これにて……」

「よしよし……、駕籠(かご)で送らせようかな。茶道宮家の格式で乗り込むがよかろう……」

宗雪と草薙大天が出ていくと、石翁は、水野出羽守と日道、日量親子を見まわした。

「——悪党隠居め……」

出羽守がそういって含み笑いをした。

「いやはや、金で片のつくやつは話がはようございますよ。金と命のいらぬやつには、手を焼きますするな……」

そういって、石翁はからからと笑った。

3

狂女のお町を追ったじゃが太郎兵衛が向島の土手にかかったのは六ツ（六時）過ぎ……。牛の御前近くの宵闇の中で駕籠にすれ違った。

が……、駕籠の中に、輪王寺の宮さま毒殺の秘命を帯びた釜屋宗雪が乗っていようとは、さすがのじゃが太郎兵衛も気がつかなかった。

お町は、あいかわらずうつろな瞳を虚空に向けて、夢の中を歩くように土手の上をたどっていく……。

いくらか夕暮れの風が出ていた。

ひらひらと舞い落ちる桜の花びらがお町の傾いた髷に降りかかり、大川の暗い水面へも吹き飛ばされていく。

長命寺前を過ぎると、もう中野石翁の屋敷は目の前である。

と、そのとき、中野屋敷の高い塀から、ぱっと飛び降りた影があった。

影は、そのまま真一文字に、じゃが太郎兵衛のほうへ走ってくる。

「──よっ！　お町ッ……」

影が狂女へ駆け寄った。

「おう……、直吉か……」

「あ！　旦那ッ……」

じゃが太郎兵衛に声をかけられた影は、お町の兄の直吉だった。

「おまえ、中野屋敷から飛び出したな？」

「へえ……。あっしゃ、きのうから日量坊主をねらってたんで……。妹をこんな姿にしやがった。この恨みを晴らしてやりてえと思ったんですよ。ところが、なかなか近づけねえ。ゆうべは夜っぴて智泉院のまわりをうろつきましたよ」

「道理で、上野のお山へお町を迎えに来なかったんだな」

「あ……。旦那はお山のほうですかえ？」

直吉が、血走った目で、じゃが太郎兵衛を見詰めた。

「うん……、お山のものというわけではないが、わしは宮家のお話し相手じゃ」

「旦那ッ、たいへんですぜッ、宮さまのお命が危ねえッ」

「なんとッ！」

じゃが太郎兵衛が思わず前へ出た。

「あっしゃ、きょうも日量をつけまわした。すると、昼過ぎから、おやじの日道と、駕籠に乗って、あの屋敷へ行きやがったんで……。あっしゃ植木職だ。塀の外から植木の梢（こずえ）を見りゃ、どことどこが庭で、家の建物がどう並んでるか見当がつくんですよ。そっと塀を乗り越えて、茶室の床下へもぐりこんだんでさあ。そこですっかり聞いちゃったんですよ」

「話してくれ」

「釜屋宗雪てえ年寄りが、宮さまへ毒を盛るんでさあ」

「おのれッ」

「六ツ半からお茶が始まると話していましたぜッ」

「わかった！　直吉ッ、お町は確かに渡したぞッ、わしは上野へ行く」

すると、くくくっと、含み笑いをする声が聞こえた。

「よっ！　だれだッ!?」

じゃが太郎兵衛の声に、傍らの桜の陰から、総髪の草薙大天が現れた。

「じゃが太郎兵衛か？」

大天は、距離をはかって、じりじりと迫ってきた。

「あっ！　いけねえッ。旦那ッ、こいつァくさり鎌だッ」

だが、直吉の叫びは一瞬遅かった。

むっ！　と、含み声の気合いと同時に、ぴゅーんと、くさりに付けた分銅が、じゃが太郎兵衛の頭上へ飛んできていた。

「おーっ！」

じゃが太郎兵衛が、一間、うしろへ飛んだ。

ひゅーっと、鎌が飛んでくる。

ぴりりッ……と、じゃが太郎兵衛の左袖(ひだりそで)が切り裂かれた。

が、引く鎌といっしょに、じゃが太郎兵衛の体が、火の玉のように、大天へ襲いかかった。

「けーいッ！」

ぴかりッ、と火花が散った。――南蛮刀法とんぼ斬り……、抜くと同時に、くさりを断ち切り、すくい上げるように、大天の右わき下から左乳へ、ぱっくり斬り開いていた。

ぴゅっ……と血がやみにしぶいた。太刀風にはらはらとこぼれた桜の花が、きりきりきりッと大川へ舞い落ちていく。

草薙大天の大きな体が、石燈籠のようにおあむけにぶっ倒れた。ひーっと、笛の音のような息が、大天ののどから漏れた。それが最期の息だったのである。

しかし、じゃが太郎兵衛は草薙大天の断末魔は知らなかった。斬ると同時に、くるりッと体を回し、くらやみの向島土手を走っていたのである。

一気に吾妻橋を渡って、雷門前を田原町へ……。本願寺の境内をつっ切って、稲荷町の寺町を駆け抜け、広徳寺門前を過ぎると下谷車坂……。すぐ目の前に、上野東叡山の東の入り口車坂門が黒々とそびえている。

そのころ、ご本坊の広間では、一品親王輪王寺の宮さまを上席に、子院三十六坊の住職を集めて茶会が始められていた。

　上野の森を包む晩春のやみは、むせるような若葉の香りに満ちて、点々と置き並べた燭台(しょくだい)のろうそくが、ちろちろと揺れている。

　部屋の隅に置いた炉の前に座った釜屋宗雪は、能面のように動かぬ表情で、さらさらと茶筅(ちゃせん)を動かしていた。


　じゃが太郎兵衛が次の間へ入ったのは、この時である。

　ひとり、ぽつんと控えていた侍僧が、静かに、じゃが太郎兵衛を見上げた。

「――宮家は？」

　じゃが太郎兵衛が低い声で尋ねた。

「お上席においでになります」

「お変わりはないか？」

「ご機嫌うるわしく拝せられます」

　じゃが太郎兵衛はほっとため息を漏らした。

「いまは？」

「濃い茶点前を終わり、これより薄茶点前に移ります」

じゃが太郎兵衛は、こっくりうなずくと、境の襖をそっと細目にあけた。

釜屋宗雪は、茶わんを置いて、体の向きを変えたところだった。これから、最上席の宮さまの前へ、その茶わんを持っていくわけである。

が……、宗雪は動かなかった。じっと、淡緑色にあわだった茶わんを見詰めているのである。

居並ぶ住職たちの間に、ふっと、異様な気配が流れた。

「――宗雪……」

宮さまが声をお掛けになった。

「はっ……。お毒味つかまつります」

「毒味!?」

これは異例なことである。宮さまがけげんそうに尋ね返されたときには、宗雪はもう薄茶茶わんを取り上げていた。

「――待てッ……」

じゃが太郎兵衛が、さっと、襖を開いた。

「お覚悟みごとだ。宗雪どの……。が、死ぬことはあるまい」

「お止め立て、ご無用に願います」

「待て待て！　水野出羽、中野石翁が極悪のたくらみ、宮家に申し上げるがよかろう」

宗雪はゆっくり首を横に振った。

「存じませぬ。……宗雪は一介の茶人、天下のことは存じませぬ。ごめん……」

「待てッ！」

じゃが太郎兵衛が、ぐっと、宗雪に駆け寄った。——が、間に合わなかった。宗雪は、茶わんを傾け、ぐーっと一気に毒茶を飲み干した。

「——茶道は、すべて、無に通じ……」

あとは言えず、がばっと、前へのめっていた。


「——太郎ッ……」

宮さまが、はっと、お立ち上がりになった。

「しばらく！」

じゃが太郎兵衛の体が、はすかいに、縁側の障子のほうへ飛んだ。

すっと障子をあけて庭へ飛び降りる。

と……、六、七間先を、黒い影が三つ、蝙蝠(こうもり)のように植え込みの山をかすめていくのが目に入った。

「かーっ!」

じゃが太郎兵衛が大地をけると同時に、一本刀がやみを切り裂いていた。

黒い影が二つのけぞって倒れた。

残る一つの影は、ご本坊を飛び出し、すぐ左手の屛風坂(びょうぶざか)を駆け降りていった。

だが、影は、坂の中ほどで、ぎょっと足を止めた。坂の下に、一本刀を握りしめたじゃが太郎兵衛が、先まわりしていたのである。

影が、すらりと、刀を抜き放った……。

「――よせ……」

じゃが太郎兵衛が吐き捨てるようにいった。

「見逃してやる……。釜屋宗雪のみごとな最期、向島の隠居へ伝えてやれッ」

じゃが太郎兵衛は、ぱちーんと刀を鞘(さや)へ戻すと、とっとっと、坂を上り、抜き身を構える忍者の姿など目に入らぬかのように、ご本坊へ急いで行った。

「──宗雪には娘が二人あるそうな……。宮家のお力で、幸せにしてやらねばなるまい……」

そんなことを考えていたのである。

恩讐(おんしゅう)無法剣

1

武州岩槻(いわつき)……、大岡主膳正(おおおかしゅぜんのしょう)の城下町は、宵から時ならぬにぎわいにわきたっていた。今宵(こよい)、城下大工町の願生寺に、一品親王輪王寺の宮さまがお泊まりになったのである。

歴代、上野の宮さまは、日光東照宮のご門主をも兼ねておいでになる。大体、年に三度は日光山にお登りになるが、その折は、もちろん、幾日か前に通知がある。

ところが、今度に限って、だしぬけだった。

「――おりあしく主人主膳正江戸在府のためなんのおもてなしもいたしませぬが、なにとぞお許しのほどを……」

六十を過ぎた城代家老が、汗をふきふきおわびを申し上げるのを、宮さまは、いたずらっぽいお目で、にやにやと笑っておいでになった。

夕方から、すぐ近くの荒川の河心に浮かべた小舟から、ぽんぽんと威勢のよい花火が打ち上げられ、赤、黄、紫の光が、どんよりとおぼろにかすんだ岩槻の夜空を彩った。──宮さまの旅のつれづれをお慰めしようとする城代家老の思いつきだったのである。

荒川土手は城下の老幼男女で埋まっていた。

「──よう、たま屋ッ……」

ぱっと開いた金色の傘に、米屋かぶりに裾をからげた若い男が叫んだ。同じような格好の男が五、六人いる。

「武州岩槻で川開きを見ようたア思わなかったぜ」

「だけどよ、ぽんぽんはじけるばかりで、しゅんと消えちまいやがる。まるで線香花火よ。小割り牡丹とか星下りとか、いきなのはやっぱし両国よ」

「それに、きらきらと光る水の上の屋形船から三味の音が聞こえてこなくっちゃ、川開きの風情はねえやな」

「行こう行こう。……けっ、つまらねえ」

男たちは、勝手なことをいいながら、集まっている人々を押しのけるようにして行ってしまった。

土手の右と左に橋がある。右の橋を渡れば粕壁道、左へ行けば幸手から栗橋、古河、宇都宮を経て日光へ通じるお成街道である。

男たちは、どうやら、幸手道へ行ったようであった。

「――日光参りかな……」

一本刀をすとんと落とし差しにしたじゃが太郎兵衛がつぶやいた。

江戸から小十里……。だが、じゃが太郎兵衛は、武士とも町人ともつかぬ着流し、あいかわらずの格好である。

ぽつりッ……と、雨粒が額をたたいた。おぼろ月の影は消えて、空には雲が広がっている。ひと雨、来るのであろう。

が、花火は一段と激しく打ち上げられていたし、集まった人々も散ろうとはしない。

――岩槻あたりではめったに見られぬ催しなのである……。

と……、じゃが太郎兵衛の眉がぴくっと動いた。

――殺気！　鍛えあげたじゃが太郎兵衛の心魂に、ぴりっと響いたものがあったのである。

次の瞬間、じゃが太郎兵衛の体が、ふいっと、右へ回った。と……、研ぎ澄ました懐剣の切っ先が、すいッとじゃが太郎兵衛の左わき下をくぐっていた。

じゃが太郎兵衛も叫ばず、刺客も声を出さなかった。しかも、懐剣を握った刺客の利き腕は、ぐいっと、じゃが太郎兵衛に抱え込まれていた。

腕は、夜目にも白く、温かく、やわらかだった。

じゃが太郎兵衛は、ゆっくり首を後ろへ回すと、震えている女の白い項に、ふふふッと、軽く含み笑いをした。

女は、顔をそむけ、きっと、唇をかみしめているようである。

「さてと……そろそろ参ろうか……」

じゃが太郎兵衛は、ふわりッと、左の袂を懐剣の刃にかぶせかけると、花火見物の人々の間を縫って、静かに歩き始めた。

巨船にひきずられる小舟のように、右手の自由を失った女が、おとなしくついてくる。

だれ一人、これが、命をねらう女と、ねらわれた男の声なき争いと気づくものはなかった。

土手を降りると、すぐ左側に岩槻城の天守がそびえているのだが、雨もよいのやみに溶けこんで、黒一色、なにも見えなかった。

じゃが太郎兵衛と女は、もとのままの姿で歩き続けている。

城下の町は、暗く、静かだった。めったに人も通らない。――ほとんどみんな、花火の土手へ集まっているのであろう。

たまにすれ違うものがあったとしても、仲のよい男女づれの大胆な姿……と思ったかもしれない。

ふっと、じゃが太郎兵衛が足を止めて、傍らの鳥居の奥をのぞいた。――二十間ほど奥に二の鳥居があり、さらにその奥の社殿に、ちろり……と、またたく燈明がかすかに眺められたのである。

じゃが太郎兵衛は、社殿の格子戸をあけて中へ入ると、ぽいっと女をほうり出した。

ぱさりッと牡丹(ぼたん)の花を投げ出したように倒れた女の背に、緋鹿(ひか)の子(こ)の帯が大きく翻った。

「――ほほう……、姿は町娘。が、武家育ちと見たぞ。先ほどの突きは、確かに吉岡(よしおか)流(りゅう)の小太刀。しかも、かなりの使い手らしいな」

「お斬(き)りなさいませ……」

女は、結い綿をつけた髷を傾けたまま、たたきつけるようにいった。

「わしは女を斬るのは好まぬ……。そなた、だれに頼まれた？」

「むだでござります」

「わしを、じゃが太郎兵衛と知ってのことであろうな。まさか、人違いでは――」

「人違いッ!?」

女は、倒れたまま、きっと、じゃが太郎兵衛を振り返った。

「やっ！　これは美しい……」

じゃが太郎兵衛がにんまり笑うと、女の細い眉がきりっとつり上がった。

「この期に及んでたわむれをッ……。な、なぜ斬らぬのですッ」

「幾度いえばわかるのだ。わしはまだ女を斬ったことはない」

「男なら、情け容赦もなく斬り捨てるのでしょう。わたくしの父も――」

女は、そう言いかけて、はっと口をつぐんだ。

「ほう……、そうか……」

じゃが太郎兵衛の顔に、女へ対するあわれみが浮かんだ。

「わしがそなたの父を斬ったというのか？　いつ、どこで？　そなたの父の名は？」

「申せませぬッ」

「隠密……、忍者か？」

女は答えなかった。その冷ややかな横顔をじっと見詰めていたじゃが太郎兵衛が、静かに首を振った。

「覚えがない……。そなたに似た男の顔を思い出せぬ……。わしは、そなたがいうように、いくたりかの男を斬っている。情け容赦もなく……。そうだったかもしれぬ。情けに太刀をゆるめたなれば、わしが斬られていたかもしれぬからだ」

それから、じゃが太郎兵衛は、自分の右手を眺めて、くすりッと笑った。

「この手は、まだまだ人を斬るだろうな……。わしは斬りたくないが、水野出羽守が、中野石翁が、智泉院日道が、さらに大奥のお美代の方が、わしをほってはおくまい。気の毒なのは、彼らの命によって、わしに刃を向ける男どもよ。恨みもつらみもないが、斬らねばならぬ」

「ご主君のおことばには従わねばなりませぬッ」

「それが武士の道か？　それが忍者のおきてか？　ばかばかしい。主君に誤りあれば、これを正すことこそ臣下の道とわしは考える。ご無理ごもっともと刀を振りまわされ、斬りかけられるわしの身にもなってみろ。さらに、そんなばか者どもを斬って、そのたびごとに、その息子や娘に仇のようにねらわれてはとんだ災難だ。よく考えてみるがよい」

じゃが太郎兵衛は格子戸をあけて外へ出た。

いつか、しとしとと雨が降り、花火の音も消えていた。

「――女……、しばらく雨やどりをしていくがよかろう。無理をして風邪などひくなよ」

じゃが太郎兵衛は、すたすたと、鳥居の下をくぐった。

すると、ひたひたひた……と、かすかな音が後ろへ追ってくるのが聞こえた。――女の足どりではない。こちらの呼吸に歩調を合わせた忍者の歩みだ。

「――おい……」

突然、立ち止まったじゃが太郎兵衛が、振り返りもせず、声をかけた。

「――念のため聞いておく……。わしは、この上、忍者の息子や娘に恨まれとうはない。ひとりものならかかってこい。が……、女房子があるなら、跡を追うな……」

そういうと、じゃが太郎兵衛は再び歩きだした。――が、今度は、背後に迫る足音は聞こえなかった……。

2

しばらくして、じゃが太郎兵衛は、宮さまのお宿、願生寺の築地を乗り越えて、客殿らしい奥のひと間へ近づいていった。

ぱちり……、ぱちり……と、碁石の音が響いてくる。

じゃが太郎兵衛は、ちょいと耳を澄ましたが、ふっと笑いを浮かべると、静かに声をかけた。

「――宮家……」

碁石の音が止まった。

「太郎か?」

「お相手をいたしましょうかな」

「ほう……、ひとり碁とわかるか?」

「石の音に変化がござりませぬ」

「ははは……、ま、入れ……」

じゃが太郎兵衛はそっと襖を開いた。――はたして、宮さまは、黒白の石をひとりで並べておいでになったのである。

「あとを追うてまいったのか？」

「急のご出立……。驚きました」

「ははは……、老中どももさぞ驚いたことであろう。実はな……」

宮さまは急に声をおひそめになった。

「昨夜、お万の方より、密使が参った」

希代の好色将軍家斉には、御台所のほかに二十一人の愛妾がある。その中で最古参のお部屋さまがお万であることは、じゃが太郎兵衛も知っていた。

「宮家には、かねてお万の方と？」

「わしはお万の方に会うたこともない。が……、いま大奥の権威を二分するものは、お万の方と、お美代の方じゃ。しかも、形勢はお美代の方に有利じゃ」

「お万の方はお美代の方が憎いことでございましょうなあ」

「さればじゃ、お万の方は、間者を入れて、お美代の方の秘事を探っている。それを、密使をもってわしに知らせてきた」

「どのようなことでござりますかな？」

「智泉院日道を、谷中感応寺の住職とする」

「なんとッ！」

じゃが太郎兵衛がひとひざ乗り出した。

谷中の感応寺は、元禄四年以来百三十余年、歴代の輪王寺の宮さまがお預かりの天台派寺院である。それを、日蓮宗であるお美代の実父、日道へ与えようとは……。

「もってのほかの陰謀でござりますぞッ」

「お美代、日道苦肉の策じゃ。初め、中山法華経寺智泉院をもって、上野寛永寺、芝増上寺に並ぶ将軍家菩提寺たらしめようと企てたが、わしが邪魔をした。されば、それに変わって、感応寺乗っ取りを企て、水野出羽や石翁とも相談いたしておるとのこと……。なにしろ、感応寺は富札を許され、寺としては裕福じゃ」

「日道め、菩提寺の格式をあきらめて、金に目をつけましたな」

「そこで、わしは、けさ、将軍家へ使者を送ったのじゃ。——東叡山本坊の寺収少なく、手もと不如意をきわめ、かくては歴代将軍家のお霊屋守護も全きを期し難し。よって、日光社参を行うてのち、門主を辞し、京都へ帰還いたしたし……とな。そういうておいてな、わしは早々に江戸を発足したのじゃ」

　さすがのじゃが太郎兵衛が、驚いて、宮さまのお顔を見つめた。

　輪王寺の宮さまが、江戸を捨てて京都へお帰りになる……。前代未聞のことである。この地雷火のようなおことばを、だしぬけに将軍家へぶっつけ、だしぬけに江戸をお立ちになった。お気に入りのじゃが太郎兵衛にさえお知らせの余裕がなかったほど、ことは隠密迅速に行われたのである。

　さればこそ、岩槻の城代家老が不意のお泊まりに慌てふためいたわけであろう。

「なるほど。老中、若年寄一同、驚いていることでござりましょうなあ」

「これで、わしの手から感応寺を取り上げることはできまい」

「しかし、出羽守、お美代の方などは、宮家を目の上のこぶと考えております。これ幸いと、知らぬ顔をいたしました節は、どうなさいます？」

「京へ帰って、髪を延ばし、伏見宮親王へ戻るまでのことよ……。わしは、なりとうて輪王寺の宮になったのでは……」

「宮家ッ……」

じゃが太郎兵衛は、突然、宮さまのおことばを抑え、一本刀を引き寄せた。

が……宮さまはからからとお笑いになった。

「隠密が忍び寄っているのか？」

「宮家……。ご宿泊所の警護があまりにも手薄と存じますが……」

「かまわぬ、かまわぬ……たんと聞かせてやれ。わしは江戸などにはいとうはない。もし、わしのいうことを聞かねば、いつでも京へ戻るぞ……。忍者よ、とくとく江戸へは せ戻り、水野出羽なり中野石翁なりへ、さよう伝えるがよい」

「しかし、もし宮家のお体に万一のことが……」

「あったとしてみよ。京では江戸を許してはおかぬ。悪くすると、公武は手切れじゃ。軽くとも、水野出羽は失脚しよう……。太郎、わしのことは心配いらぬ。宿所の警護など無用にいたせ……」

しばらくして、じゃが太郎兵衛は、願生寺で借りた番傘をさし、さきほどの社へ戻ってみた。

緋鹿(ひか)の子(こ)の帯を垂らした娘は、まだ社殿の中にいた。さっきと違って、祭壇へ向かって、祈るようにじっと目を閉じていたのである。

「やっぱりいたか……。そんな気がしたから来てみたのだが……。そなた、宿は？」

「ありませぬ……」

「では……、わしの宿へ行かぬか。新町の武蔵屋（むさしや）……。薄ぎたない旅籠（はたご）だが、茶くらいは飲めよう。が……、無理にとはすすめぬ」

「お供いたします」

じゃが太郎兵衛は女といっしょに社を出た。奇妙な道行きである。

旅籠武蔵屋の番頭も驚いた。夕方泊まったときからおかしな客と思っていたのだが、それが、寺の名を大きく書いた番傘の中に、緋鹿の子の帯に結い綿をつけた娘と寄り添って帰ってきたのである。

それから一刻（いっとき）（二時間）ばかり、じゃが太郎兵衛はひとりで杯を楽しんだ。名物ふなの甘露煮をさかなに、ゆっくり独酌をかたむけている。

女は、行燈（あんどん）の光から逃げるように、部屋の隅に座ってうなだれていた。

――ごーん……と、どこからか鐘が聞こえてきた。四ツ（十時）であろう。

「――やすむとするか……」

じゃが太郎兵衛は立って障子をあけた。四、五間離れた廊下の角で、黒い影がすっと消えたようである。

が……、じゃが太郎兵衛は、ふん……と肩をゆすっただけで、女中を呼ぶと、布団を敷かせた。

女中は気をきかせて、布団を二つ並べていったが、じゃが太郎兵衛は、間を引き離して、真ん中に行燈を置いた。

「暗いほうがよければ消してくれ。わしはどちらでもよいぞ……」

じゃが太郎兵衛は、一本刀をまくらもとに置いて、横になった。

女はしばらく動かなかった。が……、やがて、そっと顔を上げると、低い声で尋ねた

――

「あなたは、出羽さま、石翁さまに、なんの恨みがおありです？」

「恨みなどないな……」

じゃが太郎兵衛が眠そうな声で答えた。

「では、なぜ……」

「なぜ、出羽守一味に逆らうというのか？　ふふふ、われながら困った性分だよ。我慢ができないのだ。正しいものが損をする、そんな世の中に、目をふさぎ、耳を覆うほど

賢くはないのだ」

女は、またしばらく口をつぐんでいたが、こんどはさっきより弱々しい声でいった

「出羽さまにも……、石翁さまにも、家臣がございます。家来は主君のご下命には従わねばなりません」

じゃが太郎兵衛があくびをかみ殺した。

「主命なれば、ことの是非を問わず、従わねばならぬというのか？　そんなことはあるまい」

「君、君たらずとも、臣、臣たれと申します」

「ばかばかしい……。よくも悪くも、言いつけどおりに動く。それでは犬と同じではないか」

「もしッ！　あなたはわたくしの父を犬といわれますかッ」

「知らぬ……。わしはそなたの父が何者なのか知らぬ。ただ、出羽守や石翁にも、是非善悪を明らかにする家来の一人や半分はあってもよさそうなものだな……」

女は、ため息をついて立ち上がると、そっと行燈の火を消した。

が、寝ようとはせず、しんと、やみの中に座り続けた。

「――もし……」

女は低い声で呼びかけた。

じゃが太郎兵衛は答えない。――眠っているのか、起きているのか……。

女は、懐剣の柄を握って、すっと腰を浮かせた。

じりッ……と、片膝よじりに、じゃが太郎兵衛の傍らへ忍び寄っていく……。

やみに慣れた女の目には、一尺下に、静かに息づいているじゃが太郎兵衛ののどが、ほの白く見えた。

――いまなれば、ただひと突き！　だが、女は懐剣を抜かず、はっと両手で顔を押さえると、くくくっとむせび泣いた。

じゃが太郎兵衛の声が、やわらかく、女の耳へ流れた――

「――やすんだほうがよいな……。あまりつきつめて考えるな。なにごとも、時の流れが片づけてくれるわ……」

3

次の朝、じゃが太郎兵衛が目を覚ましたときには、女は姿を消していた。

輪王寺の宮さまは、きょうは、奥州街道と日光街道が分かれる古河の宿にお泊まりのご予定である。

岩槻からは、粕壁、杉戸、幸手、栗橋と過ぎ、ここで利根川を渡るとすぐ古河である。この間およそ十里……。けさは早立ちであろう。

「――さて……、どうする？」

宮さまは、警護はいらぬ、とおっしゃった。水野出羽守や中野石翁、あるいはお美代の方や智泉院日道がどんなに悔しがっても、手も足も出せぬ……、宮さまはそう考えておいでなのである。

「――だが……、やっぱり、日光まで、陰ながらお供したほうがよさそうだ……」

じゃが太郎兵衛は、ぶらりッと、武蔵屋を出た。

――見て行くや早苗のみどり里の蔵……。西の方はるかに望む秩父の山々の屋根には、まだ白く残雪を残しているが、野面を渡る風は晩春というより初夏に近い……。

じゃが太郎兵衛は、着流しの裾（すそ）を翻し、篠（しの）の葉を一枚くわえて、のんびりとした面持ちである。

粕壁の茶店で尋ねたところでは、宮さまのお行列は半刻（一時間）ほど前に通り過ぎたということであった。

それが、幸手では、四半刻（三十分）前と聞かされた。

ぶらぶら歩いているようでも、お行列よりはいくらか速いのである。

「この分でいくと、栗橋あたりで追いつくことになるかな……」

じゃが太郎兵衛は、あいかわらず格別急ぐでもなく、権現堂川の堤沿いに、黄色い蝶（ちょう）を追いながら北へ進んだ。

が、栗橋の宿はずれ、合の森の八幡（はちまん）さま前にさしかかったとき、じゃが太郎兵衛の足がぴたりと止まった。

右は上州山岳の雪どけ水を集めて滔々満々（とうとうまんまん）たる大利根の流れ、左はこんもりと小高い丘を樹齢三百年の老杉（ろうざん）がうっそうと包む合の森……。その森の木の間がくれに、小さな八幡宮の社がある。

じゃが太郎兵衛はちゃりりんと響くすさまじい刃（やいば）の音を聞いたのだ。

だっと、すり減った石段を駆け上がっていった。

社の前が、いくらか広い空き地になっている。

「——おう……！」

じゃが太郎兵衛は思わず息をのんだ。——ひとりの女を、屈強な武士が、三方から取り囲んでいる。

女は、社を盾に、ぴたりと小太刀を構えていた。——昨夜の女である。

「——たーっ！」

ひとりの男が、左から、すくい上げるように斬り込んでいった。

「おーっ！」

女は、長い袖（そで）を翻すと、男の刀を跳ね上げて左へ飛んだ。と——

「——千里ッ！　死ねッ……」

正面の男が、唐竹割りに、がっと斬り下ろした。

「けっ！」

女は、この太刀も、からくもかわした。だが、そのはずみに裾を踏んで、どっと横倒しになった。

「待てッ！」

じゃが太郎兵衛が、風のように、倒れた女の前へ飛び込んでいった。

「よっ！」

三人の男は、だだっ……とあとへさがって、ぴたりッと刀を正眼につけた。

「ほう……、わしを知っているらしい……」

「けーいッ！」

一人が飛び込んできた。とたんに、かっと口を開いた男の首が、ぴゅーっと血の布をひいて二、三尺飛び上がり、どすんと落ちた。

「──ひけッ……」

残った二人は、同時に、石段を駆け降りていった。

「──江戸へ戻ったのではなかったのか？」

じゃが太郎兵衛はまだ倒れたままの女に尋ねた。

「戻ったほうがよいな。この先、また今のようなことがあるかもしれぬ。女のひとり旅は危ない……」

「あなたを斬れなかったからでございます」

「ほう……」

「あのひとたちはわたしを責めました。ゆうべ同じ部屋にいて、なぜ刺さなかった……と。わたくしを裏切り者と呼び、命を奪おうとしました」

じゃが太郎兵衛は、岩槻の鳥居の陰からつけてきた足音と、武蔵屋の廊下で消えた黒い影を思い出した。

――この女には、幾人かの隠し目付がついていたのであろう……。

「わしは、いま、また一人の男を斬った。この男の身寄りの者がわしを仇とねらう。それは正しいことだろうか？　さきほど、わしが捨てておけば、そなたは斬られた。そなたを助けたわしが仇と呼ばれる。引きあわぬ話だなあ」

「わたくしは、ここから、越後へ参ります。新発田に叔母が嫁いでおります」

「それはよい……。江戸のことは忘れるのだな」

「あなたを父の仇と考えたわたくしは、心得違いでございました。二度とお目にはかかりませぬ……」

「千里……どの、といわれるらしいな。お名前だけは覚えておこう」

じゃが太郎兵衛は、くるりと、体を回した。

「――あ……、しばらく……」

石段を一歩降りたじゃが太郎兵衛を、千里という女が呼び止めた。

「お知らせ申し上げたいことがございます。輪王寺の宮さまのお命が――」

「なに！」

「はい……。江戸黒鍬屋敷よりすぐりの忍者三人が……」

「出羽守の差し金だなッ」

「それは申し上げられませぬ。父は出羽さま家中のものでござりました」

「ほう……。そうだったのか……。それにしてもばか者よ。宮家をねらえば、われとわが首を絞めることになるのに気づかぬか」

「いいえ……」

千里は首を振った。

「ほどなく、宮さまはお舟で利根川をお渡りになります。その折をねらい、一丁川上の中野新田につないだ筏の綱を切り離します。ばらばらになった秩父のけやき丸太は、雪どけ水に乗って矢のように――」

「わかった！　宮家のご座船は流木に突き当たられて沈んだ、そう見せかけようというのかッ」

「はいッ」

「千里どのッ、礼をいうぞッ……」

　じゃが太郎兵衛は、飛ぶように、石段を駆け降りた。

　栗橋宿は町の長さ六町あまり。その宿はずれを右へ折れると、奥州・日光両街道を守る関所がある。

　町をつむじ風のように駆け抜けたじゃが太郎兵衛は、きりりッと歯がみをした。――関所の門がぴたりと閉ざされていたのである。

　門の内側に、六尺棒を持った関所番がひとり、ぼそっとつっ立っているだけ、関所役人の姿は見えなかった。

「――頼むッ。開けてくれッ」

「ならぬ！」

　関所番はねめつけるようにしてわめいた。

「ただいま輪王寺の宮さまご渡川あそばされる。庶人は通行止めじゃッ」

「えーいッ！　うぬらではわからぬ。関所役人を呼べッ」

「おのれ……。気違いじゃなッ。上役がたは宮さまのお見送りじゃッ」

「その宮家へ火急のお知らせだッ。門を開けッ」

「宮さまはもはやお舟じゃわいッ」

「えっ！」

じゃが太郎兵衛は、ぎょっと、息を止めた。

が、次の瞬間、はじかれたように関所の門から飛びのくと、左へ……、利根の川上へと走っていた。

大利根は、武蔵(むさし)・下野(しもつけ)の国境をくねくねと蛇行して、栗橋宿のすぐ上で浅間川と合流する。この辺り、真菰(まこも)がおい茂り、それにつづいて、早苗を移したばかりの深田が並んでいた。――ここが中野新田である。

その真菰の中に、秩父けやきを組んだ筏がいくつもつないであり、十人あまりの男が乗っていた。

武士が五人……、威勢のいい印半纏(しるしばんてん)にねじり鉢巻きの男が六人ばかり……印半纏の男たちは、手に手に、長い鳶口(とびぐち)を持っている。――昨夜、岩槻の花火をけなしていったのはこの男たちであった……。

「旦那がた……。このけやきはみんな、法華経寺さまの普請に使うのですかい？」

「さよう。智泉院日道さまのおぼしめしで、特別に秩父から切り出したものだ」

「しかし、どうもわからねえ。このまま筏にして川口までおろしたほうがよかアありませんかねえ。ここで切り離しゃ、折角の木肌に傷もつくだろうし、海へ流れていっちまうものもありやすぜ」

「いらんことを申すなッ。そのほうたちは言われたとおりにすればよいのじゃ」

「へえ……。そうですかねえ……」

鳶口の男たちは顔を見合わせた。男たちは深川の木場人足だったのである。

「――よしッ。綱を切れ」

川下を眺めていたひとりの武士が叫んだ。

「――へえ……」

人足の頭らしい男が、ひょいと、川下へ目をやった。――ちょうど、宮さまをお乗せした舟が、栗橋の渡し場を離れたところである。

「あ、こりゃいけねえ。いま材木を流しゃ、あの舟へぶっつかりまさあ」

「かまわぬッ。切れ。数十本のけやきを、どっと、一度に流せッ」

「むちゃだ、旦那ッ。この水量、この勢い、いま流せば、あんなちっぽけな舟板は木っ端みじんだ」

「むちゃは承知だッ。切れッ。材木を川の真ん中へ押し出せッ。切らねば、きさまたちをぶった斬るぞッ」

「げっ！」

と、そのとき、真菰をかき分けて、じゃが太郎兵衛が、のっそり、筏をわたって、五人の武士に近づいていった。

「――貴公たちが人足どもを斬る前に、わしが貴公たちを斬る……」

「何者だッ、きさまッ!?」

「じゃが太郎兵衛――」

「よっ！」

筏がゆらりと傾いた。五人が同時に刀を抜いたのだ。

が……、数呼吸の後、ひとかたまりになっていた人足たちは、茫然とじゃが太郎兵衛を見詰めていた。

じゃが太郎兵衛の長い一本刀が、すいッ、すいッと、秋空を切るとんぼの羽根のようにきらめいたかと思うと、五人の武士はすでに筏の上から姿を消していたのである。

「――あの女……、千里は、これをどう思うかな……」

じゃが太郎兵衛は、剣先からぽとりと滴り落ちる血潮に、ふっとつぶやいた。

そのころ、なにもご存じない宮さまのご座船は、ちょうど大利根の河心に近づいたところであった。

斬人斬魔剣（ざんじんざんまけん）

1

「――どうしたのだ、太夫（たゆう）？」

両国の広小路、南京（ナンキン）出刃打ちの都賀太夫の楽屋へ、ぬーっと、じゃが太郎兵衛が入ってきた。

「あら、先生！」

お都賀が、ぽかんと、じゃが太郎兵衛を見上げた。

「どうしたとは、こちらで言いたいせりふですよ。このひと月あまり、どこへ雲隠れしていたんです？」

「わしは日光へ行っていた」

「日光!?」

「うん、上野の宮さまのお供をしてな……。たった今、川口から江戸へ入り、その足でまっすぐここへ来たのじゃ」

「まあ……」

お都賀は、じゃが太郎兵衛の髷先から足もとまで、見上げ、見下ろした。——たったいま江戸へ戻ってきたというじゃが太郎兵衛はあいかわらずの着流しで、すとんと一本刀を落とし差し、ふところ手という姿である。

「宮家には、日光でのご仏事も滞りなく、道中も無事でご帰着。わしも肩の荷をおろしたというものだよ」

「まあ！」

「またまあか……」

「だって、先生……。心配しましたよう、お香代さんも、桐江さんも……。どっかで、先生は斬られちゃったのじゃないだろうかって……」

「ははは……」

「笑いごとじゃありませんよ」

「いや、すまん」

じゃが太郎兵衛、素直に頭を下げた。

「ところで、太夫、今度はわしの尋ねる番だ。いったいどうしたのだ?」

「なにがです?」

「まだ夕暮れに間があるというのに、広小路界隈、妙にひっそりしているではないか」

「あー、先生はご存じなかったんですねえ」

そういうと、お都賀はごくりと生唾をのんで声をひそめた。

「出るんですよう、一件が……」

「一件?」

「お化け……」

「ばかなッ」

「いえ、ほんとう……」

お都賀は、じゃが太郎兵衛のことばを抑えるように、手を振ってにじり寄った。

「もう半月にもなりますけどねえ、いちばん初めに出たのが薬研堀わきの松平丹波守さまのお下屋敷……」

そう前置きして語りだしたお都賀の話は、まことに奇怪なものであった。

その夜は、暮れると同時に、しとしとと小雨が降りだしていたという……。

松平家下屋敷の女中が、ふっと、目を覚ました。

「——お火のもと……、お火のもと……、相回ります……」

そんな声が、かすかに聞こえたのである。声は間違いもなく女だった。

「——あれ、おかしい……」

その女中は思わず起き上がった。

——お火のもと、相回ります……、これは夜の見まわりの声である。が……、大名屋敷では、こんなことはいわない。紅葉山（もみじやま）は千代田城……、将軍家の大奥に限ることばなのである。

女中は、そっと障子をあけて、お廊下へ出てみた。——とたんに……

「——これ、いま何刻（なんどき）じゃえ？」

庭先から刻限を尋ねるものがあった。

なにげなく声のほうを見た女中は、うっと息をのむと、へたへたへたと、その場に倒れてしまった。

「出たんですよ、先生……。真っ白な着物をきて、緋（ひ）の長袴（ながばかま）をはいたお雛祭（ひなまつ）りの三人官女みたいな格好の女がね、松の木の枝から、ぶらりッと、逆さにつり下がっていたんですって」

「ほほう……、それは怖かろう」

「怖かろうどころじゃありませんよ。長い髪の毛をおどろに振り乱し、まっさおで、

——これ、何刻じゃ……。目を回しちゃいますよ」

「それで……」

「二、三日すると、新大橋ぎわの安藤長門守さまのお上屋敷。次が浜町の津軽さまのお
下屋敷……」

「やはり、官女が現れるのか？」

「現れたんですよう。それも、決まって奥御殿ばかり……。お火のもと、お火のもと、
相回ります……って現れるんですって……。このうわさがぱっと広がると、両国界隈は
夕方からぱたり人足がなくなっちゃいましたよ」

「しかし、怪物が現れるのは大名屋敷だから、町人や職人にはかかわりあるまい」

「その大名屋敷が、この辺りにはずらりと並んでるじゃありませんか」

なるほど、両国から永代橋まで、四、五十軒の上屋敷、下屋敷が続いている。

「それに、ここ五、六日は、毎晩のように、あっちこっちのお屋敷に出るんだそうで

す。おかげで、こちらの商売は上がったりですよ」

しばらくして、じゃが太郎兵衛は、お都賀といっしょに、掛け小屋を出た。

もう、辺りはすずめ色に暮れかかっている。いつもなら、宵の広小路のにぎわいは格別なのだが、いまは人通りも絶えて静まり返っている。

「ひどいものだなあ」

じゃが太郎兵衛はがらんとした盛り場を見まわした。

お都賀の小屋の右隣は、ここ半年あまり、南京出刃打ちのお都賀と人気を競っている女大力早雲小春の小屋……。

左隣は……。

「はてね……。新しい芸人のようだな」

「ええ……。オランダ曲芸の竹本梅吉一座。長崎仕込みだけあって、大した芸ですよ」

オランダ曲芸の絵看板には、釣り竿を担いだ浦島太郎や金太郎がかいてある。

「竜宮乙姫絹糸渡り、足柄山は杉のこずえ渡り、白井権八唐傘渡り……、いい芸なんですけどねえ、かわいそうに、お化け騒ぎでお客が寄りつかないんですよ」

入りのないのは掛け小屋だけではなかった。千年坊寝太郎の娘香代ともと勘定吟味役並木宮内の娘桐江を看板にした居酒屋〝はんよ〟も閑古鳥が鳴いていた。

「――閉めっちまいなよ、どうせ客なんざありゃしない。先生が無事に帰っておいでになったんだから、今夜はあたしたちでお酒を飲もうよ……」

お都賀は桐江と香代を指図して、大きな紅提燈をとりこみ、縄のれんをおろしてしまった。

「――じゃが太郎兵衛どの、奇っ怪千万なことでござるよ……」

お燗番の並木宮内も奥から出てきた。

「怪物が現れたのが九カ所。いずれも大川端沿いで、五万石以上の大名屋敷ばかり……。旗本屋敷や五万石以下の大名屋敷には現れておらぬ。つまり、かなり広い奥御殿のあるところにだけ現れるわけでござるよ」

さすがはもと吟味役だけあって、宮内の判断はお都賀よりも詳しかった。

「宮内どの、さしあたって今夜現れるとすると、どこでしょうかな?」

「さよう……、林肥後守さまお上屋敷か、酒井下野守さまお下屋敷、あるいは、五万石ぎりぎりじゃが、井上河内守さまお屋敷……、大川筋で残るところはこの三カ所でござるよ」

じゃが太郎兵衛は、ふっと、お都賀へ顔を向けた。

「太夫、刻限は？」

「いま……、六ツ半（七時）ですよ」

「いや、怪物の現れる時刻だ」

「さあ……、五ツ半（九時）ともいうし、四ツ（十時）というひともありますしねえ……」

それから一刻ほどして、じゃが太郎兵衛の姿が三俣（みつまた）の川っぷちに現れた。——すぐ近くに、林肥後守と井上河内守の屋敷が並んでいる。酒井下野守の下屋敷は半町ほど先だった。右に新大橋、左の掘割に永代橋が黒くかすんでいる。

この辺り、ふだんでも夜は人通りがないところである。

じゃが太郎兵衛は、河岸に積み上げた石材の陰にそっとしゃがんだ。

やがて、ごーん……と、十軒店（じゅっけんだな）から四ツの鐘が聞こえてきた。夜の声は八町聞こえるという。まして鐘の音だ、わーんと、余韻まで響いてくる。

と……、ぎーっ……、ぎーっ……、ぎーっ……と、忍びやかな櫓（ろ）のきしる音が聞こえてきた。

二十三夜……、月は遅く、川面(かわも)は暗かった。

櫓の音は、しばらくすると、掘割に入ってきた。

「――よかろう……河岸に寄せろ……」

かすかな声である。

とーん……と、舳先(へさき)が岸に当たったようだ。同時に、黒い影が、ぱっと、河岸に飛び上がった。

「――さ、早く上がれ……」

河岸に立った黒い影は、ともづなを握って、舟を引き寄せているようである。

また黒い影が一つ岸に上がると、舟へ向かって、低い声でいった……。

「おい、手を出せ。引っ張り上げてやる……」

三番目の影は、手をとられ、ごそごそとはい上がった。――頭からかつぎのようなものをかぶり、動きにくそうである。

「――今夜はここだ……」

最初の影が傍らのなまこ塀を指さした。

「井上河内守の上屋敷だ。ぬかるな」

「へえ……、それでは、行ってまいります」

三番目の影が塀へ近づいていった。

が……、その影は、ぎょっと、立ち止まった。

「——だ、だれか人が……」

「なにッ！」

別の影二つが、さっと、前へ出た。

白いなまこ塀を背にして、ぬーっと、じゃが太郎兵衛が立ち上がったのである。

「——幽霊の、正体見たり……」

「むっ！」

鋭い含み気合いと同時に、第一の影が、すくい上げるように斬り込んでいた。

「よっ！　できるなッ」

すいっと、剣先をかわしたじゃが太郎兵衛が、ゆっくりいった。

「はーて……、いまの剣には情け無用の殺気がこめられていた。怪物騒ぎは、ただのいたずらではのうて、別の意味ありと見たぞッ」

「名のれッ！」

「じゃが太郎兵衛ッ」

「よーっ！」

じゃが太郎兵衛がにやりと笑った。

「わしの名を知っているようじゃな」

「かーっ！」

もう一人の影が、体ごとぶっつかるように斬り込んできた。

「わかったッ。忍者だなッ」

「死ねッ！」

が……、死ねと叫んだ忍者の首がなまこ塀を飛び越し、返す刀で、じゃが太郎兵衛は、もう一人の忍者を、ずーんと斬り下げていた。

しかも、倒れた二人に目もくれず、じゃが太郎兵衛は、つつつっと、第三の影に迫っていた。

「――怪物ッ！」

ぴゅっと、じゃが太郎兵衛の刀が、真一文字に空気を斬った。

「いよーっ！」

第三の影は、ぱっと大地をけって飛び上がり、くるりと宙で一回転して、じゃが太郎兵衛の太刀をかわした。長い緋の袴、おどろの黒髪を巴なりに翻した奇怪な官女姿である。

しかも、さらに一回転したかと思うと、目にもとまらぬ早業で、と一んと河岸から舟へ飛び降りていた。

「――みごと！」

じゃが太郎兵衛は逃げた相手を褒めた。

怪しい官女は、早くも舟を岸から離し、夢中で櫓を握っている。

じゃが太郎兵衛がからからと笑った。

「慌てるな……。助けてやったのだ。斬る気なら、宙に飛んだおまえの胴中を、まっ二つに斬り離しているわ……」

2

次の朝、久しぶりに米沢町三丁目の骸骨長屋でのうのうと眠っていたじゃが太郎兵衛が、井戸端の騒ぎで目を覚ました。

「――かわいそうに、肩口から左の乳房へ、ばらりずんと斬り裂かれていたとよ」

「そ、それが、おめえ、袈裟(けさ)がけっていうやつさ」

「しかも、あったらいい年増(としま)盛りを裸にひんむいて、腰巻き一つでおっぽり出されていたんだ」

まだ薄っぺらな布団の中にいたじゃが太郎兵衛は、ふーっと息を吐き出して、もう一度、目を閉じた。

――昨夜、河内守屋敷の塀外で斬った忍者のことがうわさされているのかと思った……。だが、斬られたのは女だという。

「――わしではない……。わしは女は斬らぬ……」

が、そう考えたじゃが太郎兵衛が、次に聞こえたことばに、がばっと飛び起きた――

「――オランダ曲芸の太夫(たゆう)も、とんだ目に遭ったものだよ。江戸へ出てひと月とたたねえうちに、あんなむごい姿で大川へ流されちゃ浮かばれめえ……」

立てつけの悪い破れ障子をあけて、桐江が朝の食事を運んできた。

「あ、桐江さん……、お都賀さんの隣に小屋を出したオランダ曲芸の竹本梅吉……」

「はい……、お気の毒に、けさ永代橋の橋桁（はしげた）にかかっていたそうです」

「その梅吉という太夫は、女だったのか？」

「ええ……」

「しまった！」

　思わず舌打ちをするじゃが太郎兵衛の様子に、桐江は、ぎょっと、顔を見詰めた。

「では……、梅吉太夫を太郎さまが……」

「いや、わしではない。わしは見逃してやったつもりだった。くるりッと宙に飛び上がった軽業に、さては曲芸の太夫だなと悟った。が、あれが女だとは気がつかなかった。そうと知っていれば、心配のないところまで送り届けてやったものを……」

「太郎さま……、ゆうべ何かあったのでございますか？」

「斬りに行ったのだよ、変化官女を……」

「まあ！　では、梅吉太夫が……」

「うむ……。何者かに頼まれて、大名屋敷の奥を騒がしていたようだな。緋（ひ）の長袴（ながばかま）におすべらかしの官女姿では、町は歩けぬ。それで、両国の小屋から舟で大川を下り、河岸っぷちの大名屋敷へ忍び込んだ」

「だれに頼まれたのでしょう？　なぜそんなことをなされたのでしょう？」

「わからぬ…。が、案外、根は深そうだ。梅吉には忍者二人が付き添っていた」

「まあ、隠密(おんみつ)が!?」

「当節、忍者、隠密を自由に使えるものといえば、まず将軍家……。次いで、水野出羽守、中野石翁……。待てよ、こりゃ上野の宮家へお知らせしておいたほうがよいかもしれぬ……」

じゃが太郎兵衛は、遅い朝飯をかきこむと、骸骨長屋を飛び出していった。

すでに、十分案内を知っている上野のご本坊である。じゃが太郎兵衛は、無遠慮にお庭先をつっ切って、宮さまのお部屋へ行こうとしたが、ふと、お客間を眺めて、足を止めた。

「――ほほう、これはこれは……」

客間には宮さまがおいでになった。その宮さまの前、椎茸髱(しいたけたぼ)のお女中が、しとやかに手をついている。――宮さまの白綸子(しろりんず)のお召し物に対し、お女中のほうは、金糸銀糸色糸も鮮やかに、香形と蛍を総縫いにした目もあやなおかいどり姿である。

「――おう、太郎ではないか……。これへ、これへ……」

じゃが太郎兵衛にお気づきになった宮さまが、座敷からお呼びになった。

「――太郎、世も末じゃな。千代田の大奥に妖怪変化が現れるそうじゃ」

「え!?」

じゃが太郎兵衛は、思わず、宮さまのお顔を見上げた。

宮さまは、笑いながら、前にいるお女中をじゃが太郎兵衛にお引き合わせになった。

――お万の方付きの中臈、常盤という……。

将軍家斉には妻妾が二十一人あり、お万の方は最初の愛妾……。目下、大奥に権勢を振るっているお美代の方は、順番からいうと十三番目である。

「二十日ほど前のことじゃそうな、お万の方が夜中ふと目を覚ますと、長局を、――お火のもと……、お火のもと……と叫びながら走るものがあった」

「ははは……、お火のもと、相回ります……でござりましょう」

「うむ……。大奥にてはあたりまえのことじゃが、お万の方はいつになく胸騒ぎをおぼえた。それというのが、静かに歩むべき見まわりの者が、叫びながら走るとは心得ぬ……。お万の方は、寝所を出て、長局の廊下に立った。するとじゃ――」

「……いま何刻じゃえ……」

「太郎！」

「緋の長袴でござりましょう」

「知っていたのか!?」

「いえ……、実は……」

じゃが太郎兵衛は、ゆうべからけさへかけての出来事を、詳しく話した。

「うむ……。では、その妖怪は、女芸人であったのか？」

「大名屋敷を騒がしたのは竹本梅吉でござります。しかし、梅吉が大奥まで忍び込んだとは考えられませぬ」

　すると、中臈の常盤がひとひざ前へ出た。

「その夜以来、お万の方さまにはお気がたかぶり、夜もろくろくおやすみにはなりませぬ。ただいまは奥医師立花双竹院のお薬をのんでおやすみになりますが、とろとろとすると、狂人のようにあらぬことを叫んでお取り乱しになりまする。不思議なことに、朝はぐったりとしてお目覚め……、夜中のことはなに一つお覚えではございませぬ」

「それでな、太郎……。わしに、妖魔退散の祈禱をしてほしい、と常盤がいうているのじゃ」

じゃが太郎兵衛は腕を組んで考えこんだ。

「常盤どの、お万の方とお美代の方の仲は？」

「それはもう、上さまのご寵愛を二つに分けるとまでいわれるお二人のことでござります。うわべはともあれ、内心は火花を散らしておいででござりましょう。古参と新参……。お万さまは淑姫、綾姫さまのご生母、お美代さまは溶姫、末姫さまのご生母……。また、お万さまはお念仏の浄土宗、お美代さまはお題目の日蓮宗……。自然、大奥のお女中衆も、ふた派に分かれておりまする。実は、宮さま……」

常盤は宮さまのお顔を仰いだ――

「お美代さまが、大奥の妖怪退散のため、中山法華経寺の智泉院日道どのを招いて祈禱させたいと申しておられます」

「なるほど……」

「なれど、お万さまはもとより不承知……。ぜひとも宮さまにご祈禱をと……」

「これは困った……」

宮さまはからからとお笑いになった。

「奥女中の勢力争いに引っ張り出されようとは、近ごろ迷惑な話じゃ。それに、大名屋敷荒らしの妖怪は太郎が退治た。大奥の妖怪も変化ではあるまい。人間じゃよ。念仏も題目もいらぬわ」

「でも、不思議なはお万さまのご狂乱……」

「うむ……。おう、それじゃ。常盤、耳を貸せ……」

宮さまがなにごとかを常盤にささやかれた。とたんに、ぎょっと、常盤の顔が引き締まった。

「そ、それは……」

「大事ない。あとは、わしが……、一品親王輪王寺の宮が引き受ける」

それから宮さまはじゃが太郎兵衛へお顔を向けられた。

「太郎、よいところを見物させようぞ……」

3

「――お火のもと……、お火のもと……。お火のもと……」

千代田城の大奥に、夜まわりの声が流れていった。妖怪騒ぎ以来、夜まわりの女中は五人になっていた。——ふだんは二人である……。

東西百四十間、南北九十五間の大奥は、千余の美女を擁して、静かに更けていった。

ひと口に、大奥は、将軍以外、男子禁制といわれているが。全然男っ気がなかったわけではない。奥向き役人といって、五百石どりの用人をはじめ二百人近い役人が勤めていたし、奥医者などは大奥中央のお広座敷に詰めており、ここで薬の調合もしたのである。

ただ、将軍家の寝所や御台所のお部屋、女中たちの宿舎である長局へ近づくことを禁じられていただけである。

——ちーん……、ちーん……と、お時計の間から、かすかに櫓時計の鐘が響いてきた。

「——五ツ半（九時）じゃな……」

お広座敷にいた奥医師立花双竹院は、膝の前に置いていた天目茶わんを持って立ち上がった。

広間一つ隔てて、渡り廊下の向こうは長局である。

「——常盤どの……、常盤どの……」

双竹院は、渡り廊下の中ほどに立ち止まって、長局へ呼びかけた。

雪洞（ぼんぼり）を手にした常盤が、静かに長局から現れた。

「常盤どのか……。お万の方さまお服薬の時刻でござるぞ」

「かしこまりました……」

常盤は、天目茶わんを受け取って、お万の方のほうへ引き返した。

と……、意外にも、その部屋には、お万の方のほかに、じゃが太郎兵衛と、南京（ナンキン）出刃打ちのお都賀がいたのである。——しかも、なんていうこと、お都賀は、緋の長袴（ながばかま）をはいて、おすべらかしのかつらをつけているのだ！

「——常盤どの、その天目をこれへ……」

じゃが太郎兵衛は、天目茶わんを受け取ると、中の薬湯をじっと見詰めていたが、やがて、懐中から取り出した紙包みから、ひとつまみの黒い粉を、そっと薬湯へ投げ込んだ。

と……、無色の薬湯は、たちまち血のような赤い色に変わった。

「ふーむ……、考えていたとおりだ……」

じゃが太郎兵衛は、静かに、顔を上げた。

「――太郎どの、いまの黒いお粉は？」

「試し苔の粉でござるよ。ジャガタラ渡り、離巣鳥羽苔とも申します。毒にあえば赤くなり、薬にあえば青くなります」

「では……、では、お薬湯は……、毒!?」

「さよう……」

じゃが太郎兵衛はお万の方を見詰めた。

「お方さまには、この薬湯をお飲みになると、まずうとうとなされた。それからしばらくすると、すさまじい狂乱に陥られる……と申されましたな」

「太郎……、わたしは毒をのまされていたのか？」

「たぶん……これは、阿片精と申すものが溶かしてあるものと考えます」

「おのれッ！　美代じゃなッ。お美代の方のたくらみじゃなッ」

はっと立ち上がるお万の方の袂を、じゃが太郎兵衛がしっかりと押さえた。

「しばらく……。証拠がございませんぞ」

「えーいッ、決まっている。美代じゃッ。美代のほかにだれが――」

「水野出羽……。あるいは中野石翁が双竹院を抱き込んだのかもしれませぬ」

「出羽や石翁が、わたしを殺そうとしたとおいやるかッ」

「いや……、おそらく、お命までねらってはおりますまい。——変化官女でお方さまを脅かし、ついでお気をしずめるためと申して薬湯を差し上げる。その薬湯が実は阿片湯にて、お方さまは夜ごとにご狂乱……。そこで、お美代の方が智泉院日道へ祈禱を頼みまする」

「わたしの患いを、日道の祈禱で治してくれるというのかえッ」

「お患いは薬湯から阿片精を除けばなおります。が……、表向きの手柄は、日道の祈禱の力ということになりましょう。かくて、智泉院日道はいよいよ上さまのご信頼を得ることになりまする」

「えーい、もう憎や！　腹立たしや……。常盤ッ、どうしてくれよう」

じゃが太郎兵衛はゆっくり立ち上がった。

「——太夫……、わしたちの出番らしいな」

「先生……、あたしゃこんな格好で何をするんです？」

「双竹院に白状させるのだよ。まず、常盤どのに双竹院を呼び出していただこう」

それからしばらくして、お広座敷にいた立花双竹院は、常盤からの知らせをうけて長局へ急いだ。——火急の発病の場合、奥医師は長局への出入りを許されていたのである。

「——はてな……、あれくらいの阿片精で、お万の方の容体が急変するはずはないのだが……。もしかすると、匙加減を間違えたかな……」

双竹院は、心の中でそんなことを考えながら、渡り廊下にかかった。と……、

「——これ……、双竹院……」

この世のものと思われぬ陰々滅々とした声が聞こえた。

「え!?」

「いま、何刻じゃえ……」

はっと声のほうへ顔を向けた双竹院が、ぷっと吹き出して、慌てて口を押さえた。

中庭の松の枝に、髪を振り乱した官女姿の女が、ぶらん……と、逆さにつり下がっていたのである。

双竹院は、そっと辺りを見まわすと、はだしで庭へ降りて、妖女のそばへ近づいた。

「いかんいかん、万寿院さま……。怪しい官女は、大奥にも、大名屋敷奥向きにも、ところかまわず出没する……。そう思わせておいたのじゃが、大名屋敷を受け持った竹本

梅吉のほうは、じゃが太郎兵衛とやらに見破られた。そこで、梅吉を斬(き)って、万事は梅吉ひとりにぬすりつけていたのに、今ごろ万寿院さまが大奥に現れては、なにもかもぶちこわしでござるよ……。さ、はようお消えなされ。な……、二度とその姿で出てはなりませぬぞ」

「出ろったって、だれがくそッ、出るもんかいッ」

お都賀の歯切れのいい啖呵(たんか)が飛んだ。

「げっ！　な、何者じゃッ」

「じゃが太郎兵衛だよ」

だしぬけに後ろから声をかけられて、それこそ双竹院が飛び上がった。

「ふふふ……、どうやら筋が読めた。変化官女はふた役だったのか……。大奥には田沼家再興に捨て身となっている万寿院市姫、大名屋敷にはオランダ曲芸の梅吉太夫が化けて出た。双竹院、このからくりの作者はだれだ!?」

「し……、知らん！　わ、わしは、なにも知らん」

「では、知っていることを尋ねよう。お万の方へ阿片精をのませたのは、だれに頼まれたのだ?」

「そ、それはッ……」

「言えッ！　お美代の方かッ？　水野出羽守かッ？　中野石翁かッ？　それとも、智泉院日道坊主かッ」

　そのとき、松の枝にぶら下がっていたお都賀が叫んだ。

「――あっ、先生ッ。後ろにッ」

　けーっ！　じゃが太郎兵衛の口から鋭い気合いが飛んだ。――身をかわす前に、抜き討ちざまに、背後に迫った男を斬り伏せていた。

「――いるなあ……。四人……、五人か……」

　じゃが太郎兵衛はすり足で迫ってくる黒頭巾(くろずきん)の数を読んでいた。

　四方から囲んで、まるでいそぎんちゃくのように、ふわりと輪を縮めるかと思うと、すーっと広がる。敵の神経のくたびれを待って、必殺の刃(やいば)を加えようとする……。まさしく忍者の戦法である。

　しかも、終始無言である。ただひとり、双竹院がわめきたてた――

「斬れッ！　斬れッ！　こいつがじゃが太郎兵衛だぞッ……」

　が、それっきりだった。じゃが太郎兵衛の一本刀が、水辺のかわせみの尾のように動いたかと思うと、忍者二人と双竹院が同時に血にまみれていた。

「南蛮刀法居合い斬り……。まだ懲りぬかッ……。まだ斬られたいかッ」

「いやーっ」

一本の切っ先が、じゃが太郎兵衛の右頬(みぎほお)へぴゅーっと伸びてきた。

が、その刀はきりりきりりッと中空へ跳ね飛ばされ、その黒頭巾も血煙あげていた。

しーんと、墓穴の底のような重っ苦しい静寂が、じゃが太郎兵衛と四つの死骸(しがい)を包んだ。

「——逃げちゃいましたよ、あとの二人は」

官女姿のお都賀が、ほっと、ため息をついた。

「うむ……。どうせあの二人は斬るつもりはなかったのだよ」

「あら……。あの二人って、だれだか知ってるんですか?」

「いや、知らぬ。が……、間違いもなく、逃げた二人は女だった」

「あれ、そうですか!?」

「田沼の娘、万寿院市姫とその腰元……、そんなところであろうよ」

それから、じゃが太郎兵衛は、静かに長局へ声をかけた――

「――常盤どの、ご案内くださらぬか……。わしの役目は済んだようだ……」

しばらくして、じゃが太郎兵衛と、櫛巻(くしま)きにいきな白地の浴衣を着流したお都賀の姿が、平川御門の外から大奥の辺りを眺めていた。

「上野の宮家は、よいところを見物させようといわれたが、大したことはなかったなあ」

「ほんとうにねえ。大奥なんて、だだっ広いばかりで、つまらないところですねえ……」

じゃが太郎兵衛とお都賀は、ちょっと顔を見合わすと、くすりッと笑った。

疾風乱星剣

1

かなり強い風が上野の森を揺り動かしていた。――引きちぎったようなすさまじい形の雲が、暗い夜空をあとからあとから飛んでいく。

「――ひと荒れ来そうだなあ……」

じゃが太郎兵衛は、あとに続く三人を振り返った。

――南京(ナンキン)出刃打ちの太夫(たゆう)お都賀、もと田沼家お抱え医師千年坊寝太郎の娘香代、もと勘定吟味役並木宮内の娘桐江の三人である。

きさくな上野の宮さまが、お都賀たちに会いたいとおっしゃった。それで、じゃが太郎兵衛が三人を連れていき、たいそうなごちそうになっての帰りである。

時刻は五ツ（八時）を過ぎていたであろう。

「――あー、いい気持ち。ほてった顔に、強い風がぴゅーっと吹きつけてくる。なんともいえないねえ……」

　お都賀だけがふわりふわりと、千鳥足である。

「大丈夫ですか、お姐さん……」

　桐江が手を貸そうとした。

「おまえさんたちが頂かないんで、あたしひとりで飲んじゃった……。ほほほ、でも、驚いちゃった。昆布のてんぷら、お豆腐の木の芽あえ、湯葉の酢のもの、精進料理もおつなものだねえ」

「──太夫……」

　突然、じゃが太郎兵衛が立ち止まって、お都賀の声を抑えた。──ちょうど忍坂の石段の上である。

「──女ッ、覚悟ッ……」

　殺気に満ちた声が風に乗って、足下から吹き上げてくる。

「けーいッ！」

「いよーっ！」

　男と女のすさまじい掛け声である。

「――先生ッ……」

「――太郎さまッ……」

が……、じゃが太郎兵衛は、ものもいわず、石段を駆け降りていた。

石段の下には黒塗りの門があり、その向こうには強風にあおられた不忍池……。弁天島は夜目にも白いしぶきに包まれている。

黒門と不忍池との間は、二間足らずの狭い道……。そこに、四つの影が、じっとにらみあっていた。

「――ほう……」

石段を駆け降りたじゃが太郎兵衛が、黒門の下で、ふっと、足を止めた。

不忍池を背にして、ぴたりと懐剣を構えているのは女である。巡礼姿だった。白い笈摺が、はたはたと風に鳴って翻っている。

男が三人、三方から巡礼女を囲んでいた。いずれも、野駆け袴にぶっ裂き羽織の道中姿で、大刀を正眼に構えている。

「――せ……、先生……」

いつか、じゃが太郎兵衛に、お都賀が寄り添っていた。桐江も香代も、じゃが太郎兵衛の後ろで、息をはずませている。

「先生……、あのひとを助けてあげないんですか？」

「どちらが善で、どちらが悪か、わかるかな？」

「そりゃあ……女のほうがいいに決まってるじゃありませんか」

「どうして？」

「だってえ、巡礼じゃありませんか。それに、男三人で女を……。畜生ッ。どうしてやろう」

「ふふふッ、それほど心配しなくてもよかろうよ」

そのとき、だーっと、左側の男が斬(き)り込んでいった。懐剣を逆手に構えた女にとって、左からの敵がいちばん扱いにくい。

が、女は身軽にさっと右へ飛んだ。

「とーっ！」

待ち構えていた右側の男が、つつつっとつけ込んで、大上段から斬り下ろした。

「しつこいよッ！」

女は、ひらりと刃(やいば)の下をくぐると、ぱたぱたぱたッと黒門へ駆け寄ってきた。

「——お助けくださいましッ、ご門主さまへお願いのものでございますッ」

「よしッ……」

じゃが太郎兵衛がずいッと前へ出た。

「よっ！　なにやつ……」

ひとりの男が驚きの声をあげた。——驚いたことに、女は三人の武士を相手にして黒門下に立っているじゃが太郎兵衛に気づいていたが、男たちはだれも気がついていないようだった。

「わけは知らぬ。が……、当山に用のある女だそうな。見殺しにはできぬ」

「うそだッ！　でたらめだッ。のけいッ！」

「わしは上野輪王寺の宮さま用人格のじゃが太郎兵衛」

「よっ！」

三人の武士は、ほとんど同時に、ぱっと一間ほど飛びさがった。

「ほう……。わしの名を知ってるな。貴公たち、何者だ？」

「てーっ！」

問答無用の太刀が、じゃが太郎兵衛ののど笛を切り裂こうとした。が……、

――ぐえっ……。

断末魔の叫びは、斬り込んだ男の口から吐き出された。よろっよろっと前にのめり、二、三歩進むと、刀を握った右手をだらりと垂らし、左手で黒門の角柱を抱いて、へたへたッとくずおれてしまった。

「ひけいッ！」

残った一人が叫んだ。二人とも、じりっ……じりっ……とさがっていく。

「これこれ、仲間を連れていくがよかろう」

じゃが太郎兵衛は、黒門の下に突っ伏している死骸（しがい）をちらっと見ると、いま降りたばかりの石段を、とっとっとのぼっていった。

「――宮家へお願いの者といったな……」

じゃが太郎兵衛が女巡礼を振り返ったのは、時の鐘の横であった。

「はい……」

女は静かにうなずき返した。いましがた、大の男三人を相手に斬り結んでいたとは思われぬしとやかさである。

「しかし、もはや五ツ半（九時）、宮家には御寝（ぎょしん）あそばされたことであろう」

女巡礼は、けげんそうに、じゃが太郎兵衛とお都賀たちを見まわした。——武士とも町人ともわからぬ一本刀姿のじゃが太郎兵衛……。見るからにいきな切り天神髷のお都賀……。町娘の姿だが、武家育ちだけにどこかきりっとしている桐江と香代……。これは奇妙なとり合わせである。

「あなたさまは……？」

「わしは、さっき名のったとおり……宮家側近のものだよ。そなたは？」

「大坂城のお金奉行手代奥村主水の娘、奈津と申しまする」

「ほう、はるばる大坂から参られたか……しかも巡礼姿で」

「はい……、ご門主さまにおすがりいたしたく……。実は、ご金蔵より、竹流しの分銅が十、盗まれました」

「えっ!?」

たいていのことではびくともしないじゃが太郎兵衛が、驚きの声をあげた。

竹流しの分銅とは、大きな金塊のことである。これを初めて作ったのは太閤秀吉だった。一朝ことあるときの軍用金にと、金を溶かして竹の中へ流し込み、いわゆる金の延べ棒をこしらえたのである。その後、豊臣家滅亡に際して、この延べ棒は徳川家に引き継がれ、神君家康がまた新しい延べ棒をこしらえた。

以後、この軍用金は幾度か改鋳され、形はだんだん大きくなり、ついには長さ一尺一寸、厚さ七寸、幅九寸八分、重さは一個六十貫の大金塊になったが、昔のまま竹流しの分銅と呼ばれている。

この分銅一つを、最も質のよい慶長小判にすると一万三千六百三十五両、つまり、分銅一個でおよそ千両箱十四個分の良質小判ができたわけである。

ふだんは、大坂城内本丸の天守台下にあるご金蔵に納められ、大坂城代支配のお金奉行が保管しているのだが、奈津という娘の話では、その竹流しの分銅十個が盗まれたという……。すなわち、十三万六千三百五十両が盗まれた。まさしく、じゃが太郎兵衛が驚くのも無理ではない大事件なのである。

「いつだ!?　いつのことだ?」

「まるひと月前のことでございます」

「しかし、江戸ではそんなうわさは聞かぬが……」

「ご城代水野越前守さまのご厳命にて極秘にされておりますから……、でも、そのために、あたくしの父は切腹いたしました」

奈津は悲しそうにうなだれた。

「なぜだ？　なぜ切腹したのだ？　父がご金蔵に勤番いたしておりました」

「あ――、そうか……」

じゃが太郎兵衛は、痛ましそうに、お都賀たちと顔を見合わせた。――奈津の父、奥村主水は、責任をとって腹を切ったのだ……。

だが、分銅十個、十三万六千両の紛失は、ご金蔵番一人の切腹で済むことではない。

「それで、お金奉行や城内の水野越前守は？」

「別にどうということはございません」

「そんなばかなッ」

「あたくしもそう思いました。それで、天満与力大塩平八郎さまにご相談にまいりました」

「大塩か……。大塩平八郎、彼は立派な人物とうわさに聞いているが……」

「はい……。大塩さまはこう申されました。――分銅は一つでも六十貫、それも十も運び出すのは、一人や二人でできることではない。十人以上の仕業であろう。それほど大勢の盗賊どもに、城内の者がだれ一人気づかなんだとはまことに不思議。分銅は、お金奉行、ご城代承知の上で、運び出されたのではあるまいか……と」

「なるほど……」

「それでは父がかわいそうでございます。わたくしは、大塩さまからのお手紙を持って、ご門主さまにお願いにまいりました」

「よし……」

じゃが太郎兵衛がうなずいた。

「夜更けながら、宮家へお目通りを願いましょう……」

2

骸骨長屋の破れ畳の上で、じゃが太郎兵衛はじっと腕を組んでいた。——昨夜の出来事を思い返している。

奈津という娘が持っていた天満与力大塩平八郎の宮さまあての手紙は、簡潔だが、よく急所をつかまえ、大塩の人がらをしのばしめるものであった。

――いまや、天下のまつりごとは老中水野出羽守によって独断専行され、これに与するもの中野石翁、智泉院日道、愛妾お美代の方、さらに大坂城代水野越前守。共に相はかり相企て、天下のことを忘れ、私利私欲のみを満たさんとす……。といった調子の厳しいものである。

大塩は、竹流しの分銅十個の紛失は、老中出羽守一味の陰謀に違いない、と断定していた。

――近く、お美代の方が産んだ家斉将軍の第三十四番目の子溶姫が、加賀の前田家へ嫁入りする。その費用がざっと二十万両はかかるであろう。そのために、大坂城の竹流しの分銅をひそかに持ち出したものと考えられる。いかに将軍家のおめでたとはいえ、神君家康以来の軍用金を姫の嫁入り費用に当てるとは、大っぴらには公表できない。そこで、紛失ということにして、責任を奥村主水にぬすくりつけ、腹を切らした……。

――しかも、竹流しの分銅は、きわめて質のよい金塊である。いちばん立派だといわれる慶長小判になおしても十個で十三万六千余両……。これを出羽守は粗悪小判に鋳直すに違いない。おそらく、三十五万両から四十五万両の小判をこしらえることであろう。その中から、溶姫の嫁入り費用を差し引いて、残り十五万両か二十五万両が出羽守一味の懐へ転がりこむ……。

「――なるほど、水野出羽や石翁の考えそうなことじゃのう……」

大塩の手紙を読み終わった宮さまは、ため息をおつきになった。

「いま、わが国の近海に、異国の黒船がしきりに出没するという折に、大事な軍用金を大名ねずみどもが引いていくようでは、徳川の天下も長くはないのう、太郎……」

「それで、紛失した分銅十個は、もはや江戸へ運び込まれたのでございましょうか？」

「大塩はそれも調べあげている。十個で六百貫の金塊じゃ。陸路持ち運ぶことは不用心でもあるし、人馬もおびただしい数がいる。そこで、海路を選んだに違いない。ところで、この半月あまり、海は荒れて、江戸への回船はただ一隻が大坂港を出たのみ……」

「その一隻とは？」

「遠州浜松藩の藩船竜神丸……。太郎、浜松は大坂城代水野越前の領地じゃよ」

「ただいまより、品川、芝浦あたりを調べてまいります」

じゃが太郎兵衛は、奈津をお都賀に預けて、上野のお山を駆け降りたのだった……。

「――おや、先生……。あー、よかった……」

破れ障子をあけて、お都賀が入ってきた。

「あたしゃ、心配で心配で、ゆうべはおちおち眠れなかったんですよ。先生のことだから、えーいッ……と、竜神丸へ斬り込んでいやしないかと思って……」

「残念ながら、見つからなかったよ、品川から大川筋まで調べてみたのだが……」

「じゃ、もう竹流しを荷揚げして、どっかへ行っちまったんでしょうか？」

「あるいは、ここ三、四日も風が吹き続けているから、伊豆あたりに風よけをして、まだ江戸へ入っていないかだ」

お都賀はおおげさにため息をついた――

「でも、驚きましたよ、いくら公方さまのお姫さまだからといって、お嫁入りに二十万両だなんて、そんなにかかるもんですかねえ」

「ばかばかしいことだが、かかるようだな。宮家のお話では、溶姫の輿入れに供をして加賀家へ行くお付き女中は、老女以下八十人。ほかに、用人、小姓、奥医師などの男が十四、五人、都合百人ということだよ」

「おやおや、風呂敷包み一つ抱えて嫁入りするあたしたちとは、えらい違いですねえ」

「もらうほうの加賀家もたいへんだ。将軍家の姫を迎えるには、朱塗りの御守殿門を造り、姫と八十人の女中どもが暮らす御殿を造らねばならぬ。うわさでは、この地ならしに加賀家で支払った金が千五百両とか」

「やれやれ……、それじゃ公方さまのお姫さまをもらって、ありがたいのやら、迷惑なのやら、わからないじゃありませんか」

「まったくだな。しかも、当将軍家は五十人からの子持ち、嫁入りの費用もたいへんだろう。お美代の方が、水野出羽守と計って、竹流しの分銅に目をつけるのも、わかるような気がするわ……」

お都賀が台所へ立っていった。じゃが太郎兵衛の朝餉の支度をするためである。いつもは桐江と香代が日替わりで来るのだが、けさはお都賀が買って出たらしい。

「太夫……。いや、お都賀さん……。奈津という娘はどうした？」

「けさ早く、品川まで行くといって出かけましたよ」

「ほう……、あの娘も竜神丸を捜しに行ったのだな」

「あたしゃね、まだゆうべの侍が二人生き残っているんだから、およしなさいよといったんですけど……。見かけによらず、気が強いんですよ、あの娘……」

軽く茶づけを二杯かっこんで、ごろりと横になり、肱まくらをしようとするじゃが太郎兵衛の頭の下へ、お都賀が素早く丸まっちい膝を滑り込ませた。

「や、これはすまんな……。が、悪くない。膝枕とはよい心地じゃよ」

「ほほほ……、香代ちゃんや桐江さんが見たら怒るでしょうねえ」

「なぜだ?」

「あれ……。強いばかりが男じゃござんせんよ。ちっとは女の気持ちもおくみなさいよ」

「女はわからぬなあ」

「おや、そうですか?」

「たとえば、奈津という娘だ。わしは、ゆうべ、池ノ端で男三人を相手にしているあの娘を見て、ふっと、奇妙な気がした」

「ま、どんなことでしょう?」

「あの娘の剣法は度胸剣法……。師匠について学んだわけではない。しかし、今までに幾度か白刃の下をくぐった身のこなしだ」

「だから、――どちらが善か、どちらが悪かわからぬ……とおっしゃったんですね」

「うん……。あとで、ご金蔵番の娘、武家育ちと聞かされて、いよいよ奇妙な気がした」

「実はね、先生……」

　お都賀も膝枕をしているじゃが太郎兵衛の顔を上からのぞきこんだ。

「見ちゃったんですよ、あたし……」

「なにを？」

「ゆうべ、帰ってお風呂をたてて、あの娘を入れてあげた。そのときなんですよ、なにげなく湯上がりの姿を見ると、左腕に、ぽーっと三日月の彫り物……。白粉彫りなんですよ」

「ふーむ……」

「侍のお嬢さまが三日月の白粉彫りなんて、なんだか変ですねえ……」

「よし……」

　じゃが太郎兵衛はむっくり体を起こした。

「出かけてくる」

「おや、どちらへ？」

「品川だ……」

　半刻（一時間）ほどして、足もとにほこりをかぶったじゃが太郎兵衛の姿が、洲崎の漁師町に現れた。——お都賀に別れて骸骨長屋を出たじゃが太郎兵衛は、芝口海岸から本芝の浜、三田浜、高輪岸、袖ガ浦、御殿山下と、品川の海辺をたどってきたのである。

風はゆうべほどではなかったが、あいかわらず大きくうねり、沖がかりをした五百石、八百石の大船が、ゆらりゆらり、帆柱を右、左に振っていた。

「——あ……、いた！」

じゃが太郎兵衛が、ふっとつぶやいたのは。洲崎の名所鯨塚の前だった。洲崎は、海と品川の流れにはさまれて、崎になっている。崎のとっさきには洲崎弁天が祭ってあり、その境内に、巡礼姿の奈津が立っていたのである。

奈津はひとりではなかった。右の目に黒い布を当てた船頭らしい大きな男と立ち話をしていたのである。

「——あ……、太郎さま……」

奈津は、素早く、じゃが太郎兵衛の姿を見つけると、片目の船頭を残して駆け寄ってきた。

「竜神丸が入ってまいります」

「なに!?」

じゃが太郎兵衛は奈津の指さすほうを眺めた。——千石近い大船だ。今、鈴ガ森の沖あたりを過ぎて、品川沖へ近づいてくる。

帆はところどころ引き裂かれ、舳先の船飾りは吹き飛ばされていた。しけにもみ抜かれたのであろう。よたよたと、よろめくような船脚である。

が、六百貫の大金塊を積んでいるためか、船腹はかなり深く沈んでいる。

じゃが太郎兵衛は、竜神丸から、目を洲崎弁天の境内へ転じた——。と、さっきの片目の船頭の姿が見えない……。

「いまの男は？」

「わたくしが雇いました」

「雇った!?」

「はい……。竹流しの分銅を積んだ竜神丸を大坂へ戻すには、船頭はじめ、水夫、舵取りがいります。今の船頭が、それをそろえてくれると申しました」

「そなた、分銅を船ごと奪い取るつもりか？」

「はい、ご門主さまのお力添えで……今の船頭はこう申しておりました。分銅などをこっそり荷揚げするのは真夜中であろう……と。わたくしは、日暮れを待って、竜神丸へ乗り込みたいと考えております。太郎さま、お助勢くださいますか？」

じゃが太郎兵衛は、大胆な計画をこともなげに言ってのける奈津の顔を見詰め、心の中でつぶやいていた——

「——わからぬ……。三日月の入れ墨をしているこの奇妙な女に、大塩平八郎ほどのものがなぜ手紙をつけたのであろう……？」

3

その夜、月はなかった。雲は乱れ飛び、淡い星かげは、品川の海に、きらりきらりと光を映していた。

洲崎の浜から、すーっとこぎ出した小舟がある。——乗っているのは、じゃが太郎兵衛と、奈津……。櫓（ろ）を握っているのは、片目の船頭だった。

八つ山に錨（いかり）をおろした竜神丸は、ひっそりと静まり返っている。

「——けっ、艫（とも）にゃ見張りが立ってやがる。舳先（へさき）から乗り込みやしょう……」

櫓をおしながら、船頭がつぶやいた。

そっと、小舟を竜神丸の舳先に近づけた船頭は、用意してきた縄梯子(なわばしご)を、ぱっと船べりへ投げかけた。縄の先につけた小さな鉤(かぎ)が、がっちり食い込む……。

「わたくしが先に参ります……」

奈津がすっくと立ち上がった。笈摺(おいずる)はぬぎ、たすきに鉢巻き、裾(すそ)を短くからげたかいがいしい姿である。

「そうか……。では、わしはあとから行く」

じゃが太郎兵衛がゆっくり答えた。

竜神丸の船腹は依然として深く、船べりはあまり高くはない。——奈津は、つつつっと、身軽に縄梯子をのぼっていった。

つづいてじゃが太郎兵衛が……。

「——胴の間に大勢いるようです……」

奈津がささやいた。

「ちょっと待て……」

じゃが太郎兵衛は、奈津を待たせて、束ねてある帆布の下をくぐり、艫のほうへ近づいていった。

　若侍がひとり、肩を怒らせて、海のほうを見張っている。

　じゃが太郎兵衛は、すらりッと一本刀を引き抜くと、だしぬけに、冷たい剣先をぴたりッと若侍の右頬（みぎほお）へくっつけた。

「――うっ……」

　若侍が息をのんだ。――動けないのだ。すっと刃先が三寸さがれば、右の首筋の血管が、すかりッと、ぶち切れてしまう……。

「貴公……、浜松藩士か？」

　じゃが太郎兵衛がゆっくり尋ねた。

「さッ……、さよう……」

「今この船にいるのは？」

「十……、十五、六人……」

「その者たちの身分は？」

「ど、同藩のものが、は、八人……」

「あとは？」

「コッ、困る……。い、いえぬ……」

「死にたいとみえるな」

じゃが太郎兵衛の静かな声に、若侍はぴくっと体を震わせた。

「ま、待ってくれッ」

「浜松藩士が八人……。あとは?」

「水野出羽守さまご家来が二人……」

「うむ……」

「中野石翁さまご家来が二人……」

「ふふふ。思ったとおりだな。あとの二人は公儀隠密(こうぎおんみつ)か?」

「さ、さよう……」

「船頭どもは?」

「夕刻、上陸いたした」

「竹流しの分銅は陸揚げしたか?」

「い、いやッ……。そ、そのことは、何も知らぬ」

じゃが太郎兵衛は、ちょっと首をかしげたが、すぐまた静かな声でいった――

「飛ぶがよい」

「えっ!?」

「浜松なれば水練の心得はあろう。品川の浜まで泳いでいくがよい。もっとも、斬られたくば残ってもよいが……」

次の瞬間、若侍は海中へ身を躍らせていた。

「――あっ、太郎さまッ……」

奈津が叫んだ。今の水音を聞きつけて、胴の間の男たちが飛び出してきたのである。

「よよっ！　じゃが太郎だなッ！」

一人の男が叫んだ。――ぶっ裂き羽織に野駆け袴だ。昨夜、上野の山下で、奈津を襲った男の一人らしい。

「――貴公は何者だろう……?」

抜き身をぶらりと下げたじゃが太郎兵衛が、その男の顔を見て考えるようにいった
――

「水野越前守藩中か、水野出羽守の家来か、中野石翁の用心棒か……。ふん、どれでもなさそうじゃな。さては隠密か?」

「ちぇーいッ！」

隠密が、抜き討ちに、じゃが太郎兵衛のわき腹を斬り払おうとした。が、がちーんと隠密の太刀は跳ね上げられ、同時に、鼻っ柱から顎（あご）の真ん中、すかりッと断ち割られていた。

「——斬れッ！」

だれかがわめいた。その声に、けしかけられた野良犬のように、十数人が手に手に刃（やいば）を振りかぶって、じゃが太郎兵衛を取り囲んだ。

だが、じゃが太郎兵衛の一本刀が、南蛮刀法の奇妙な線を描くたびに、一本、また一本と、刃は男たちの手から落ちた。

数呼吸ののち、船上は再びもとの静寂を取り戻した。

じゃが太郎兵衛は、打ち倒れている死体を踏み越えて、胴の間への階段を降りていった。

「あっ！」

じゃが太郎兵衛の体が、階段の中ほどから飛んだ。胴の間の親柱に、無残にも、長襦（ながじゅ）袢（ばん）一枚にひんむかれた若い女が縛りつけられている。その女の前に、奈津と片目の船頭が立ちはだかっていた。しかも、船頭は、脇差をひっこ抜いて、女のはだけた白い胸もとを突き刺そうとしている……。

「待てッ！」

燕のように空を切ったじゃが太郎兵衛の足が、だっと船頭をけとばしていた。

「けーっ！　わりゃ、海賊の張本、鱶の長五郎を足蹴にかけやがったなッ。生かしちゃおけ――」

鱶の長五郎と名のった片目の男は、そこまでしかどなれなかった。じゃが太郎兵衛の一本刀が、ずん……と、長五郎の肩先から心臓へと斬り下げられていたのである。

「勝手におしッ！　まんまと上野の坊主やおまえさんを操り、この竜神丸を乗っ取ったつもりだったが、困ったことにゃ、おまえさんがちっとばかり強すぎたよ……」

奈津のことばががらりと変わった。

「おまえ、この海賊の一味か？」

「女房さ……。三日月お仙という二つ名のある姐さんだよ」

じゃが太郎兵衛は縛られている女に尋ねた――

「そなたが奈津どのではないのか？」

「はい……。浜松のご城下でそのひとにだまされ、大塩さまのお手紙を奪われた上、密告されました」

「なるほど。それで、奈津どのは浜松藩にとらわれ、この藩船竜神丸へ送り込まれたのか？」

奈津がこっくりうなずき返した。

「あたしをどうするつもりさ、ジャガタラさん……」

お仙は、ふてくされて、胴の間を見まわした。

「亭主は殺されるし、お目当ての竹流しは見当たらないし……。なんのためにその女に化けて苦労したんだか、ほんとうに嫌になっちまうよ」

事実、胴の間にも、手回りの道具のほかには、何もなかった。――この竜神丸に積んでなかったのだろうか……。

が……、じゃが太郎兵衛はにやりと笑った。

「お仙、化けるのなら、もっとうまく化けることだな。わしは初めからおまえを疑っていたんだ。ところで、外へ出ようか？」

「えっ!?」

お仙はぎくりッと顔を上げた。

「あたしを上で斬る気だね？」

「怖いか？」

「けっ！　へっちゃらさ……」

階段を上がったじゃが太郎兵衛は、お仙を竜神丸の舳先に立たせた。

「お仙……、聞かせてやろうか。竹流しの分銅は、胴の間にあったのだ」

「えっ……。だって……」

「相手もさるもの、船番所役人の目をごまかし、あるいは海賊からねらわれぬため、巧みに隠している。見ろ、この深い船腹を。六百貫の金を積んでいる証拠じゃ」

「あたしゃ、おまえさんが斬り合っている間に、船の中を探してみたんだよ」

「ふふふ……。胴の間の壁だ。分銅を切って薄板にし、壁にはりつけ、渋を塗ってある。胴の間のあの冷気、びんびん響く声、それに気づかぬとは、女賊らしゅうもない」

「あ……、畜生ッ！」

とたんに、じゃが太郎兵衛の一本刀が、しゅっとやみを切った。

お仙の髷（まげ）がくるくるくるッと舞い上がり、体はどぶーんと暗い海に落ちた。

「――尼になって、死んだ亭主の後生を弔ってやれ。せめてもの罪滅ぼしになるぞ……」

そう叫んでおいて、じゃが太郎兵衛は胴の間へ引き返していった。――助けた奈津と、六百貫の金塊をどうするか……。それは上野の宮さまのお指図を仰ぐつもりである。

一殺多生剣

1

白い提燈がひとつ、上野のお山の裏を、不忍池のほうへ、ゆっくり降りていった。

右は上野の山内で黒々と木々の梢が重なっており、左は松平伊豆守の下屋敷、一町近く土塀が続いている。

昼間でも寂しいところである。夜ともなれば、すさまじいばかりの暗闇坂、まして今宵は雨もよいで、月も星も姿を見せていない。

提燈はひとつだが、人影は二つだった。初老の男と若い娘……。提燈は娘が持って、男の足もとを照らしている。

「——おっとっと……」

男がなにかにつまずいてよろめいた。

「あれ……、ととさま！」

「や、大丈夫じゃ。年はとりとうないものじゃ。近ごろ、膝が痛んでかなわぬわい」

　この二人連れは親子であった。

　もうすぐ不忍池である。

　と……、親子の行く手に、ふっと黒い影が立ちふさがった。黒頭巾の武士である。

「あれ！」

　娘は、とっさに、父親にとりすがった。

「大事ない、大事ない。お武家さまじゃ」

　父親は、娘をかばうようにして、小腰をかがめた。

「――ごめんくださりませ……」

　親子は、手をとりあって、侍の横を通り過ぎようとした。

「――待て……」

　侍は、すっと、親子の前へ回った。

「その娘に用がある。おやじは行けッ」

　低いが、さびのきいた声であった。

「これはこれはご冗談を……」

「冗談ではない。娘は上野のお山に預かる。おやじは行け。騒げば斬る」

「ご無体！」

「無法は承知の上だ。それッ！」

侍が手を上げた。と……、どこからともなく、四、五人の侍が現れた。いずれも黒頭巾に面を包み、中の二人は駕籠を担いでいる。

「さては……」

父親は、娘を後ろにかばって、侍たちを見まわした。

「うわさに聞いたかどわかしは、まことであったかッ……」

「聞いていたか……」

初めの男が、あいかわらずの低い声でいった――

「では、あらためていうこともあるまい。娘は東叡山ご用を相勤める。身に余る幸せと思え。ご用が済めば戻してやる」

「えーい、娘を渡してなろうかッ」

「斬れッ」

男の声に、あとから現れた武士たちが、すらりすらりと刀を抜いた。

と……、親子は、ぴたりと背中を合わせて、きっと身構える。

「――ほう……、心得があるな……」

首領らしい男が、黒頭巾の陰で、にやりと笑ったようである。

「武士か？」

「問答無用ッ。道を開けッ」

「ふふふ……、武士らしいな。しかも、丸腰の町人風は……。読めた。食うに困ったやせ浪人か……。ともあれ、武士とあれば斬るにも張り合いがある。かかれッ」

首領の命令に、親子を囲んでいた侍たちが、刀を正眼に構えたまま、つつつつっ……と、左へ回りはじめた。

左へ……、左へ、三歩、五歩……。

そこでぴたりと止まると、こんどは右へ……、右へ……。

さらに左へ……、また右へ……。

「――ははは……」

突然、傍らの木の下やみの中から、大きな笑い声が響いてきた。

「――よっ！」

侍たちが、ぎくっと、声のほうへ顔を向ける。

「――なにやつ！」

首領がかみつくように叫んだ。

「――じゃが太郎兵衛……」

「たーっ！」

ひとりの男が、声をたよりに、横なぐりに斬り込んでいった。

ぎゃっ……、すさまじい断末魔の叫びが聞こえた。

一瞬、一同が声をのんだ。――斬られたのは、敵か、味方か……。

「――お次は……」

ゆったりとした、じゃが太郎兵衛の声である。

「――太郎さまッ！」

娘が叫んだ。と同時に――

「とーっ！」

二人目の男が大地をけった。が……、ぐえっ……と、同じような悲鳴が聞こえただけであった。

「——お次……」

再び、じゃが太郎兵衛が呼びかけた。

「いかん！　ひけッ……」

首領がわめいた。

「向こうからは、こちらの姿が見えるのだッ。気をつけろッ」

どなられて、残った男たちは、刀を地すり正眼に構えたまま、じりりッとあとへさがった。——男たちにはじゃが太郎兵衛がどこにいるかわからない。だが、木の下やみの中にいるじゃが太郎兵衛には、坂道にいる男たちの姿がおぼろげに見える。この勝敗はおのずから明らかだった。

「ははは……、ようやく気づいたか……。では、当方から参るとするか……」

じゃが太郎兵衛が、ゆっくり、坂道に姿を現した。——あいかわらずの着流しだが、片手には一本刀をぶらりと下げている。昼間なら、その切っ先から、ぽたり、ぽたりと、血の滴が垂れ落ちているのがわかったであろう。

「——太郎どのッ！」

「——太郎さまッ……」

親子がじゃが太郎兵衛に駆け寄っていった。——もと勘定吟味役並木宮内と、その娘の桐江だったのである。

「おのれッ、計ったなッ」

首領が悔しそうに叫んだ。

「さよう……、このひと月あまりに、若い女が五人かどわかされた。いずれも、上野のお山の近くでの出来事だそうな。輪王寺の宮家ゆかりのじゃが太郎兵衛としては、承知できぬことだからよ」

「承知できねばどうするッ」

「かどわかしの正体、見きわめる」

「ほざけッ！」

首領がすらりと大刀をひっこ抜いた。

「ほう……、いささか使えるな……」

「かかれッ。車攻めだッ」

首領のことばに、残った三人が、つつつ……、と、また左へ回りはじめた。

「その手は食わぬ……」

じゃが太郎兵衛は、刀を下げたまま、じっと目を閉じた。——敵の姿を見ず、気配を察知するのである。

「——いよーっ！」

左へ左へと回っていた三人のうちのひとりが、燕のように右へ飛んだ。——飛び抜けざまに、じゃが太郎兵衛の右胴へ、ざっくり……、一刀を浴びせるつもりだったのである。

が……、かちっと青い火花が散った。

「うーっ！」

男の体が、朽ち木のように、どさっと倒れた。

と同時に、じゃが太郎兵衛が左へ飛んだ。二つの悲鳴が夜の静寂を破り、車攻めの剣陣を敷いていた三人の男は長々と地上に横たわっていた。

とたんに、首領はくるりと体を回し、だーっと坂を駆け降りていった。——体を横向きにした奇妙な走り方だが、一間ひとっ飛び、風のような速さである。

たちまち坂を駆け降り、不忍池の端を左へ、忍坂下から清水坂下へ……そこで初めて立ち止まると、ほっと後ろを振り返った。が……

「──あっ！」

首領は、ひゅっと音をさせて息を吸うと、驚きの目をみはった。……はるか後ろに振り切ったはずのじゃが太郎兵衛が、五尺と離れぬところで、にやり……と笑っていたのである。

「──ま、待てッ……」

首領は、右手に握った刀を構えようとはせず、左手でじゃが太郎兵衛を制した。

「よかろう……。わしも好んでひとを斬るわけではない。話し合いでけりがつけば結構だ。ところで、まず貴公の姓名は？」

「真野一角……」

「娘をかどわかすのは、貴公自身の色好みのためか？」

「違う……」

「だれのためだ？」

「言えぬッ」

「すでにかどわかした五人の娘はどこにいる」

「ひとりは帰らせた」

「ほう……、それは初耳……。で、あとの四人は？」

「言えぬッ」

「それでは話にならぬ。わしに待てといったのは、なにもかも白状するためではなかったのか？」

「白状!?」

真野一角と名のった男が、ふんと、鼻を鳴らした。

「勝負はこれからだ。待てといったのは、あらためて心おきなく闘うためよ」

「やれやれ、むだなことだ。わしが勝つに決まっている」

「ぬかせッ……。勝つか負けるか、いま用意をするから待てッ」

一角は、池の岸へ近づくと、刀を置いて袴（はかま）のもも立ちをとった。次に、下げ緒をとって、きりりッとたすきをする。

「ジャガタラ……、用意をしろッ」

「わしはこれでよい」

「よしッ……」

一角は、刀を取り上げると、びゅっ、びゅっと、二、三度、素振りをくれた。

「――いざッ！」

一角が大声で叫んだ。

じゃが太郎兵衛はにっこり笑った――真野一角のおおげさな態度がおかしかったので
ある。

だが、その一瞬のすきに、一角は死地脱出の道を見いだした。

「えーいッ！」

持っていた刀を、びゅーっと、じゃが太郎兵衛に投げつけた。

かちーんと、じゃが太郎兵衛が飛んでくる刀をたたき落とした。だが、そのときに
は、ざぶーん、水音を響かせて、一角は姿を消していた。――不忍池へ飛び込んだので
ある。

「――おっと……、しもうた！」

じゃが太郎兵衛は、水ぎわに駆け寄って、池の面を眺めた。

波紋はすぐおさまった。――だが、真野一角は現れない……。

「――どうなさいました……」

桐江と並木宮内が駆け寄ってきた。

「ははは……、やられた。じゃが太郎兵衛、一期の不覚……」

じゃが太郎兵衛は、一本刀を鞘に戻すと、ぽんと裾をたたいて歩きだした。

「太郎どの、水から上がるのを待って取り押さえては……」

「いやいや……むだでござるよ……」

じゃが太郎兵衛は、未練気もなく、広小路のほうへ足を運んでいった。

あとは、再び人けの絶えた静寂とやみが山下を包んだ。

と……、さやさやと不忍の蓮の葉を分けて、細長い棒のようなものがにゅーっと池の水面から現れた。

つづいて、ぽっかり、あおむいた真野一角の顔が浮かび上がる。――一角は棒のようなものの端をくわえていた。

棒のようなもの……、それはこじりを切り落とした大刀の鞘であった。これをくわえ、端を水面に出しておけば、いつまでも池の底に沈んでいられる。……じゃが太郎兵衛はそのことを看破していたのである。

2

次の日、じゃが太郎兵衛は、上野のご本坊に輪王寺の宮さまをお訪ねして、昨夜の出来事を物語った。

「その男どもの身元はわからずじまいか？」

「いえ……、およその見当はついておりまする」

「――ほう……、死骸を改めたのか？」

「それが……」

じゃが太郎兵衛は、おかしそうに、くすりッと笑った。

「手足まといの桐江親子をにぎやかな広小路まで送り、暗闇坂にとって返しましたるところ、なんと、斬り倒した五人の死体が消えておりました」

「ほう……手ぎわのよいことよのう」

「昨夜は、わたくし、返す返すの失敗。……しかし、あの車攻めの剣陣といい、また、池の底へ潜む手立てといい、横に飛ぶ蟹走りの走法といい、すべては――」

「忍者のようじゃな？」

「さよう……」

「太郎……」

宮さまは、ゆったりとした顔で、じゃが太郎兵衛をご覧になった。

「娘五人のかどわかしをどう思う？」

「真野一角と申す男は、繰り返し、上野お山ご用と申しておりました」

「東叡山（とうえいざん）には、本坊のほかに、子院が三十六坊ある。僧職にあるものの数も五百人を超えていよう。それがすべて名僧知識とはいえぬ。酒を飲みたいものもいよう、女性の肌を恋うものもいよう」

「されば……、山下の水茶屋七軒、谷中のいろは茶屋四十七軒は、いずれも抹香（まっこう）臭いご連中を上得意にしているとのことでござりますな——。武士はいや町人すかぬいろは茶屋……と、川柳点にも申しております」

「ほう……、その水茶屋とは、どのようなところじゃ」

「さよう……、いずれも、若い女を二、三人抱えております。山下のほうは揚げ代二百文、泊まりは台別で二朱」

「はて、台別とは？」

「飲み食いは別勘定、女を抱いて寝るのが二朱というわけでござりまするよ。いろは茶屋のほうは揚げ代なしのすべて二朱……。おしなべて、いろは茶屋のほうによい女がおりまするな。——無筆でも、遊びはできるいろは茶屋、夜谷中でも通いこそすれ……と申しまして……」

「詳しいのう、太郎は……」

とうとう宮さまが吹き出しておしまいになった。

「ところで、太郎……。かどわかしじゃが……」

「まさか宮家がお伽の女をお求めになっているわけではござりますまい」

「わからぬぞ……」

宮さまは、にっこりお笑いになると、傍らの手文庫から奇妙なものを二つお取り出しになった。

「——ほう……、これは!?」

じゃが太郎兵衛が目をみはった。——それは二体の藁人形だったのである。しかも、藁人形は二つとも、無惨にも胸もとへ、太い五寸釘が打ち込まれている!

「これを見てみい……」

宮さまは、藁人形の胴に巻かれている紙をおさしになった。

……寛政己酉(つちのととり)の年生まれの男、上野僧侶(うえのそうりょ)……。

そんな文字が書き込まれている。明らかに女の文字だった。

「これはどこにござりました？」

「浅草鳥越神社の境内じゃよ。杉のご神木に打ちつけられているのを、本坊出入りの植木職人が見つけて届けてまいった。およそ十日ほど前のことじゃ。ところが、その男が、一昨夜、またまた鳥越神社の境内を通りかかるとな……」

宮さまは、ちょっとお声を落として、次のような奇怪な出来事をお物語りになった

――植木職人が通りかかったのは、かれこれ真夜中過ぎであった。仲間内に不幸があって、半通夜をしての帰りだったのである。

と……、どこからともなく、かーん……、かーん……と、鋭い鉄槌(てっつい)の音が聞こえてくる。

「――おやッ……もしかすると……」

七、八日前に藁人形を見つけている職人には、ぴーんとくるものがあった。

職人は、そーっと、足音を忍ばせて、ご神木の杉へ近づいていった……。

「——あ！」

職人は思わず口を押さえた。——すさまじい丑の刻参りの姿を見たのである。おどろに髪を乱れ散らした白衣の女が、かーん、かーんと、ご神木へはりつけた藁人形に、五寸釘を打ち込んでいる。

予期したことではあったが、職人は、おこりのように震える体を、どうしようもなかったという……。

「そのとき、植木職人は、女がつぶやくのを聞いたそうじゃ。……わたしをかどわかし、わたしを踏みにじった憎い男め。死ねッ……。死ねッ……。死ねッ……とな」

「実は、宮家、真野一角が申しておりました。かどわかした五人の女のうち、一人は戻した……と」

「ほう……。では、丑の刻参りをしているのはその女かの？」

じゃが太郎兵衛はじっと考えた。

「宮家……、寛政己酉の年と申しまするると、本年幾歳でござりまするかな？」

「三十三歳じゃ」

「山内五百余人の僧侶の中には、三十三歳の青道心もおりましょうな？」

「幾人もいような。が、院主、住職と呼ばれるものは、ただひとりを除いて、いずれも五十を過ぎたものばかり……」

「そのひとりは？」

「わしじゃよ」

　今度は、じゃが太郎兵衛が宮さまのお顔を見詰めた。

「宮家が忍者をお抱えとは考えられませぬなあ」

「忍者からねらわれたことはあるがのう。いずれにもせよ、まこと上野三十六坊の僧侶の中に、良家の子女をかどわかし、なぐさむ者ありとすれば、わしは山内取り締まりの責めを負わねばならぬな」

「まず、ご門主を辞され、京都あたりにお引きこもりにならねばなりますまいな」

「そうなると、だれが喜ぶ？」

「え？」

　宮さまは、さもおかしそうに、くすくすとお笑いになった。

「わしが身を引けば、さしあたって、だれが喜ぶであろうな？」

「されば……、当節、おそれながら、宮家を目の上のこぶと考えているのは、中山法華経寺智泉院日道でござりましょう」

「それから？」

「日道を実父に持つ将軍家愛妾お美代の方……」

「それから？」

「お美代の方の養父と称する中野石翁、ならびにお美代の方と手を握る老中水野出羽守……」

「まず、かどわかしの総本山は、そこいら辺りではあるまいか……」

「あ、なるほど……」

……上野の宮さまに悪評をたて、宮さまに詰め腹を切らせる……、今までに、直接刺客を放ってお命をねらったことさえもある出羽守、石翁、日道、お美代の方の一味のことである、これくらいの細工をしても不思議はない……。

宮さまに弱い尻を握られているため、出羽守は粗悪小判を世に出すことができずにいる……。また、宮さまが承知なさらぬため、日道は将軍家ご菩提寺の住職になれないのである。

この一味にしてみれば、是が非でも宮さまを上野から追ん出したいことであろう。

「——宮家……」

じゃが太郎兵衛は、一礼すると、一本刀を握って立ち上がった。

「あてがあるのか、太郎？」

「ござりませぬ……。が、許しておけませぬ。じゃが太郎兵衛、必ずかどわかしの正体を明らかにしてみせまする……」

「また殺生をせねばならぬかな？」

じゃが太郎兵衛は口もとにかすかな笑いを浮かべた。

「一殺多生……、剣の舞いもやむをえませぬ……」

3

夕方から、薬研堀の居酒屋〝はんよ〟でちびりちびり杯をなめていたじゃが太郎兵衛は、五ツ（八時）の鐘を聞くと、どっこいしょと腰を上げた。

「太夫（たゆう）……、頼むぞ……」

その声に、縄のれんの奥から、南京(ナンキン)出刃打ちの女太夫お都賀が顔を出した。——これはまた、いつものこいきな身なりとはぐっと変わり、白い笈摺(おいずる)に同じく白の手甲脚絆(てっこうきゃはん)、髪形も初々しい巡礼姿である。

「ほほう……、こりゃ驚いた」

「いやですよ、そんなに見詰めちゃあ……。てれちゃうじゃありませんか」

「太夫、いくつだったかなあ」

「あい、十三七つ……、ほほほ……」

「いやあ、なるほど、女は化けものだ」

「あれ、ぶちますよ」

ふたりは笑っているが、桐江と千年坊寝太郎の娘香代は心配そうな顔である。奥でお燗番(かんばん)をしている並木宮内も、不安そうに顔を出した。

「大丈夫かな、太郎どの？　もし、真野一角が今宵(こよい)も現れるとすると、ご用心が肝要。やつら、ゆうべに懲りて、手勢をふやし、飛び道具なども用意しているかもしれませぬぞ」

「たとえどんな用意をしていてもかまわぬ。現れてくれれば、今夜は逃がしませぬ。わたしの心配は、やつらが現れるかどうか、あるいは二度と現れぬのではないかということですよ」

するとお都賀が宮内に、ぽんぽんと帯のあたりをたたいてみせた――

「心配ご無用……、飛び道具なら、こちらにもありますのさ……」

そういうお都賀は、帯の間に、手裏剣がわりの釘（くぎ）を二十本ばかり忍ばせていたのである。

〝はんよ〟を出ると、じゃが太郎兵衛とお都賀は、十間ばかり離れて歩いた。――ゆうべは桐江親子をおとりに使ったが、今度はお都賀にひと役買わせたわけである。

お都賀は、わざと広小路を通らず、寂しい下谷の寺町を通り抜けて、根岸に近い坂本へ出た。――上野三十六坊のうち十二の寺が、千住（せんじゅ）街道に面して並んでいる。坂本はそのいちばん北はずれになるわけである。

ここから西へ道をとればご本坊の裏、南へ進めば山内の正面口黒門前へ出る――いずれにしても、ぐるりとお山を一巡すれば、二里半はたっぷりあるだろう。

――ちりーん……、お都賀は、もっともらしく鈴を振って、南へ歩き始めた。

黒門口までは掘割伝いである。

かどわかしを恐れてか、人っ子ひとり通っていない。

「——たきぎとり、水くまたにの寺にきて、難行するも後の世のため……。色も香も、無非道中の藤井寺、真如の浪の立てぬ日もなし……」

大したものである。どこで、いつ覚えたのか、お都賀は鈴を振り振り、ご詠歌を間違いなく口ずさんでいる。

もし、真野一角一味がどこかに潜んでいるとすれば、近ごろのうわさを知らぬ旅の巡礼と思うに違いない。

お都賀は屏風坂門から車坂門を過ぎた。やがて、東叡山正面の黒門口である。

が……、真野一角一味は現れなかった。

お都賀は、そっと、後ろを振り返った。どこにいるのか、じゃが太郎兵衛の姿は見えない。ほこりっぽい千住街道が、白々とひと筋やみの中に浮かんでいるだけである。

しかし、すぐ近くにいるに違いない。

お都賀は、安心して、黒門の前を通り、池ノ端へ出た。——そのまま池沿いに二町も行けば、ゆうべ、じゃが太郎兵衛が真野一角をとり逃がしたところである。

右側は、黒々とした上野の森、左はそよ風に蓮の葉が揺れる不忍池……。この道は、坂本正面より一段と寂しい。

しかし、ここでもなにごともなく、お都賀は池ノ端を離れ、伊豆守下屋敷横の暗い坂を上っていった。

「——今夜はしけのようだな……」

突然、じゃが太郎兵衛の声が聞こえた。

思わず振り返ったお都賀の目の前に、じゃが太郎兵衛が立っていたのである。

「あれ、先生……」

「む？」

「不思議なおひと……」

「なにが？」

「いったい、どこをどう歩いておいでになったんです？　姿も見せず、足音もさせず」

「太夫……」

「おや、もう太夫はよしておくんなさいよ」

「では、お都賀さん……、お都賀さんは、南京出刃を、どうやって的へ投げる？」

「どうって、ひと口にゃ言えませんよ、長年の修業で身についた芸ですもの」

「わしも同じだ。姿も見せず、足音もさせず、どうやって歩くか、ひと口にはいえぬよ」

お都賀はぽっと頰を染めた。――じゃが太郎兵衛も、血のにじむ修業の上で会得した武芸の極意であろう……。

「すみません、つまらぬことをお尋ねして……」

「いや、さすがはお都賀さんだ、よくわかってくれた……。さ、ご苦労だが、もう一度、坂本まで引き返してもらおうか」

「あい……」

お都賀は、いま来た道を、ゆっくり戻っていった。――それでもかどわかしは現れない……。

三度目は、道をかえて、御本坊裏から谷中へ抜け、さらに伊豆守屋敷横に出て不忍池へ……。

結局、ぐるりとお山をひとまわりしてしまった。

「――先生……」

「おう……」

すっと、傍らのやみから、じゃが太郎兵衛が現れた。

「どうします？」

「あきらめよう……。いま何刻かな？」

「四ツ半（十一時）はとっくに過ぎていますよ」

「よしッ……。行ってみよう」

「え!?　どこへ？」

「鳥越明神の境内じゃよ……」

「じゃ、丑の刻参りを……」

「うむ……、運がよければ出会えるかもしれぬ……。お都賀さん、急ごう」

それから四半刻（三十分）ののち、じゃが太郎兵衛とお都賀は、鳥越明神のやみの中に立っていた。

「――あ……、先生ッ……」

お都賀があえぐようにつぶやいた。

――かちーん……、かちーん……と、鉄鎚の音が、奥のほうから聞こえてくるのである。

「こんどは、運がよかったようだ……」

じゃが太郎兵衛は、鉄鎚の音をたよりに、奥へ進んでいった。——その後ろから、巡礼姿のお都賀がついていく。

ちろり……、ちろり……と、灯が見えた。

と同時に、じゃが太郎兵衛とお都賀が、すーっと、息を吸いこんだ。

明神の森の中に、一段と高く夜空にそびえているのが、ご神木の杉である。その前に、白衣の女が立っている！

滝夜叉姫のように、髪の毛を白衣の背中にとき流し、松の小枝をうるしで固めて両端に火をともした小さな松明を口にくわえている。ちろちろともえる燈火と見えたのは、実はこの松明の火だったのである。

胸には、紫のひもをつけた鏡を首からつり下げ、手には、右に鉄鎚、左に五寸釘を握りしめている。

——かちーん……、かちーん……、幾本目かの釘が、ご神木にはりつけられた藁人形へ打ち込まれた。

女は、ついッと、左手に口の松明をとると、地の底からわき上がるような声でつぶやいた――

「――のろわしや、のろわしやッ。寛政己酉(つちのととり)の年生まれの男ッ。上野東叡山(とうえいざん)の僧(そう)侶(りょ)ッ。死ねッ！　死ねッ！　死ねッ……」

とたんに、なんということであろう、じゃが太郎兵衛が、うふふふッ……と笑ったものである。

「――やーっ！」

丑の刻参りの女が、きっと振り返った。――眉(まゆ)を逆立て、ぎゅーっと唇をかんでいる。美人であるだけに、一段とすさまじかった。

「だれじゃッ。わが祈願の邪魔をするのは何者じゃッ」

「ははは……、これは大笑いだ……」

じゃが太郎兵衛がおかしそうに答えた。

「かどわかされた女五人の中に、ひとり戻されたものがあると聞いた。丑の刻参りはさだめしその女であろうと思うて参ったのだが、なんと、田沼の市姫どのでござったか！」

「よっ！　そういう声は……」

「いかにも、じゃが太郎兵衛……。かどわかしのからくりは、市姫どののお芝居そうな」

「えーいッ！　憎やッ！」

田沼家再興のために、中野石翁のお先棒を担いでいる市姫……。その市姫が、かどわかしの立て役者だったのである。

「——一角ッ！　一角ッ……」

市姫が叫んだ。

さっ……と、黒頭巾（くろずきん）の幾人かが、じゃが太郎兵衛とお都賀を囲む。

中にひとり、頭巾をしていない男が、ぬっとじゃが太郎兵衛の前に立った。

「ほう……、真野一角。不忍の水の味はうまかったか？」

「くたばれッ！」

抜き討ちに、ぴゅーっと、一角が切り込んでいった。

——うーっ……。

すっと、じゃが太郎兵衛と一角の位置が入れ代わった。

とんとんとんと……二、三歩泳いで、真野一角がばったり倒れた。——じゃが太郎兵衛の手はだらりッと下がったままだった。が、一瞬前と違って、下げた右手に一本刀が抜きはなされている。

「えーいッ、言いがいなしッ！　かかれッ」

市姫がじだんだを踏んで悔しがった。

………

それからしばらくして、じゃが太郎兵衛とお都賀は、駒形の市姫の屋敷から五人の女を助け出し、大川端を両国へ向かっていた。

「――ふふふ、先生……、今ごろ、市姫さん、どうしているでしょうねえ……」

「うん……、かわいそうだが、命をとるよりはよかろう……」

じゃが太郎兵衛がくすりッと肩をゆすった。

そのころ、市姫は、やっぱり鳥越明神の境内にいた。――さっき、藁人形を打ちつけたご神木に、今度は自分が縛りつけられていたのである。

その足もとには、いくつかの死体が転がっていた。真野一角の死体も交じっているはずである。

市姫は、それから顔をそむけるようにして、じっと、目を閉じ、唇をかんでいた……。

水煙火炎剣

1

「――さても困った。今日このごろ、八百八町が夜の目も眠れず、閉口するやら、夜まわりするやら、じいさん、ばあさん、権助おっさんも、寝とぼけ眼でうろうろきょろきょろ……」

すちゃらか、ぽこぽこ……晴れ上がった江戸の秋空に、あほだら経の木魚がぴんぴん跳ね返っている。

「――ほう、商売とはいえ早いものだ、もう歌いこんでいるわい……」

骸骨長屋の古畳の上に寝転んでいたじゃが太郎兵衛は、ころりと寝返りをうつと、手枕をしてあほだら経の文句に耳を傾けた。

「――なにがなんだか、風聞まちまち、子の刻参上、亥の刻用心、こいつはたいへん、火の手があがった。寺が焼かれて坊主は遠島、お屋敷焼かれて殿さま切腹、こいつはたまらぬ……」

節まわしも面白く、木魚の音が続いている。

が……、笑いごとではない。このところふた月近く、江戸では大火が続いていた。しかも、それが全部、放火なのである。

まったく大胆不敵なやり口だった。——まず、ねらわれた家の表の柱に、べたりッと、紙が一枚はりつけられる……。いつ、だれがはりつけたのか、全然わからない。

その紙には、墨くろぐろと、ただ一行。

——子の刻、火のもとご用心……。

子の刻は、あるいは亥の刻となり、戌の刻と変わるが、その下の文句は、判で押したように、——火のもとご用心……である。

子の刻は、真夜中……。亥の刻は十時、戌の刻は八時である。

どういうわけか、その時刻になると、きまって風が強く吹き始めた。そして、どんなに火のもとに気をつけていても、予告された時間になると、ねらわれた家の軒下から、ぱっと火の手があがったのである。

火事は江戸の華といわれていた。——いさみ肌の火消しの姿のかいがいしさを言ったものであろうが、同時に、江戸の家が燃えやすいことも意味している。

まして、放火は必ず強い風の日だ。火はたちまち四方に飛んで、一町内は灰になることも珍しくなかった。

八百屋お七の故事でもわかるように、町奉行の火事取り締まりはなかなかきびしい。放火の下手人はもとより、失火でも重い処罰をされたものである。

ところが、このたびは放火。いつも、あらかじめ予告されている。火をつけた科人は悪いに決まっているが、これを防げなかったほうも手落ちがあると考えられた。

この二カ月間に、およそ十度、火がつけられていた。旗本屋敷が二軒、寺が二カ所、神社が一つ、あとの五回は、下町の商人――それも名を知られた大店ばかりだった。

そして、あほだら経でも言っているように、焼かれた寺の住職と神社の神官は八丈島へ流され、旗本は用心不行き届きというわけで腹を切らされてしまった。町人たちは、所払い……、つまり、江戸を追い出されたのである。

すちゃらかすちゃらか……、まだあほだら経は続いている。

「――まったくほんとうだ、あきれたことだよ、火つけの下手人、のんこのしゃあしゃあ、火消しはまごまご、捕り手はうろうろ……」

するど、それに続いて、女の声が聞こえた。

「――神も仏も、ご利益ないない、おどろき桃の木、さんしょのすりこぎ、どうするどうする……」

むっくり起き上がったじゃが太郎兵衛は、一本刀をすとんと落とし差しにすると、急ぎ足で表へ出ていった。

ちょうどあほだら経は終わったところだった。集まっていた大勢の男女が、ぱらぱらと四方へ散っていく……。

木魚をたたいていたあほだら坊主は、破れ衣に、腰折れ頭巾をかぶり、相棒の女は、真っ赤なちゃんちゃんこに、同じく赤い甲斐絹の頭巾をかぶっていた。

二人は東のほうへ歩いていった――三町ほど行けば両国の広小路である。その盛り場で、またひと節うたうつもりであろう。

「――待て、和尚……」

じゃが太郎兵衛の声に、あほだら坊主と女が振り返った。

「なんか用かな……」

そういうあほだら坊主は、左目を四角な鉄の小片で押さえていた。残った右の目はぎょろりッと光り、ひと癖もふた癖もある面構えである。

女は……、色が浅黒く、目鼻立ちが大きく、いかにも男好きのする面立ちである。

「いまの文句について、いささか尋ねたい」

「お若いの……、あほだら経の文句に、文句があるのか？」

じゃが太郎兵衛がくすりッと笑った。

「ない……。このふた月がほどの江戸は、まったく、あの文句のとおりじゃ。八百八町、役人から庶民にいたるまで、ただうろうろまごまご……。火つけの下手人だけが悠々と濶歩してる」

「なっとらんよ、まったく……。わしがこんなお経を歌って歩きたくなる心持ち、おわかりじゃろう」

「ほう……。では、あの文句も、貴殿みずからこしらえたのか？」

「さよう、あまりうまくはないがな」

「しからば、いよいよ尋ねずばならぬ。江戸の姿はあの文句のとおりだが、——下手人のこのこ、火消しはまごまご、捕り手はうろうろ……この文句は、お上をあざけっているものと思うが、どうだ？」

——ふん……、あほだら坊主は鼻の先で笑った。

「おまえさん、役人かえ？」

「違う……」

「だったら、いらぬ口出しはやめにしなせえ。寺を焼かれた上に遠島になった坊主はかわいそうだ。屋敷を焼かれて腹を切らされた旗本は、泣きっ面に蜂だ。広がる火を防げなかった火消しや、火つけ野郎をとっ捕まえられない町方役人こそ、遠島、切腹にすりゃいいじゃねえか。江戸っ子はみんなそう思ってるぜ」

「まさにそのとおりだ……」

「おや！　張り合いのねえ。そいじゃおれに文句をつけることはないじゃねえか」

坊主と女は、あきれ顔で、じゃが太郎兵衛を見詰めた。

が……、じゃが太郎兵衛はにんまりほほえんだ。

「ところが、文句をつけたいことが二つある。まず第一は、それほど江戸の庶民の気持ちを大胆に歌う貴公が、なぜ火つけだけをとりあげて歌う？」

「なにッ!?」

「水野出羽守がつくらした粗悪小判は、火事より庶民を苦しめているぞ。中山法華経寺智泉院日道の淫乱女犯は火つけより大きな罪だぞ。将軍家愛妾お美代の方の口先ひとつで家をつぶされ、死罪を申し渡された大名旗本の数は、火事の科で切腹した武士よりはるかに多いぞ。江戸っ子はみんなそれを知っている。貴公、なぜこれを歌わぬ？」

「えーい、差し出口はよせッ。歌おうが、歌うまいが、わしの勝手だッ」

「うん……。それもそうだ」

坊主と女は、また、はぐらかされたように、きょとんと、じゃが太郎兵衛を見た。

じゃが太郎兵衛は、あいかわらず、にたにた笑っている。

「では、もう一つ尋ねる。貴公、火消し、町方役人を、遠島、切腹にすればよいといったな？」

「いったとも。火消しまごまご、捕り手うろうろ……だ」

「そのあほだら経、きょう初めて歌ったのか？」

「なんの……歌い始めて十日になる。神田、浅草、本所、深川、江戸の下町は、みなさんおなじみだよ」

「たーっ！」

だしぬけに、じゃが太郎兵衛の口から、すさまじい気合いが飛び出した。

「おーっ！」

ばっと、一間あまり、あほだら坊主の体が横へ飛ぶ！

女も、さっと二、三歩さがって、ぐっと懐へ右手を差し入れていた。

——たぶん、短刀の柄（つか）を握りしめているのであろう……。

「化けたな……。隠密（おんみつ）であろう……」

じゃが太郎兵衛が、低いが鋭いことばをたたきつけた。

「十日あまりも上役人をあざけり続けて召し捕りにならぬは、町奉行所も承知の上と見たッ。また、誘いの気合いに応じて右へ飛んだただいまの身のこなし、忍者の剣法と見たが、どうじゃッ！」

「おのれ、ジャガタラッ！」

坊主が、さっと、右手を左の目へ持っていった。と、次の瞬間、ぴゅっと、目に当たっていた鉄片が飛んでくる。

——かちっ……、いつ抜いたのか、じゃが太郎兵衛の一本刀が鉄片を払い落としている。

と同時に、じゃが太郎兵衛は女のほうへ飛んでいた。

「あーっ！」

叫んだ女が、へたへたっと、うずくまってしまった。——帯がぱらりと斬り落とされ。着物の前が見るも無残にはだけていたのである。

「ユリッ！　死ねッ……」

坊主が五、六間先で叫んだ。そのまま、忍者独特の横っ飛びで、たちまち姿を消してしまった。

じゃが太郎兵衛は坊主を追わなかった。——追えば、坊主を捕まえる自信はあったが……、追っていったあとで、女が自害するかもしれない。

「——ユリ……、ゆりの花……。優しい名だ……。死ぬか？」

女は、うつむいたまま、顔を上げなかった。

「死んではつまらぬ……。帰れ」

「え!?」

はっと、女が顔を上げた。

「あの隠密坊主は、わしがそなたに何か尋ねると考えたのであろう。それで、死ねといった。が……、わしは何も尋ねぬ。死ぬことはあるまい。行け」

「ほ、ほんとうに？」

「――ほんとうかうそか、ま、歩いてみろ……」

女は、はだけた着物をかき合わせると、そっと立って、二、三歩さがった。

「い、行っても、よいのですね？」

「うん……。よいとも……」

女はまた五、六歩さがった。そして、くるりと体をまわすと、転がるような格好で逃げていった。

じゃが太郎兵衛は、じっとその姿を見送っていたが、女が町角を曲がると、そっと右脚を動かした。草履の下から、折りたたんだ小さな紙きれが現れた。――さきほど、じゃが太郎兵衛が帯を切り放したとき、女の懐から落ちたものである。

広げた紙には、こんなことが書いてあった。

――昼晴れ、夜小雨、風なし……。

2

次の日、昨夜の雨にしっとりと湿った土を踏んで、じゃが太郎兵衛は、上野のお山に、輪王寺の宮さまをお訪ねした。——実は、昼近く、宮さまからお迎えの使いが骸骨長屋へ来たのである。

「——太郎、困ったことが持ち上がってのう」

そうおっしゃる宮さまが、案外、困ったようなお顔ではない。むしろ、なにかおかしそうに、ふふっと笑っていらっしゃる。

「さてさて、宮家をお困らせ申す出来事とは、どんなことでございましょうかな？」

「これじゃよ……」

宮さまは、細長い紙を一枚、じゃが太郎兵衛の前へお置きになった。

——亥の刻、火のもとご用心……。

墨くろぐろと、なかなかの達筆である。——うわさには聞いているが、じゃが太郎兵衛も本物を見るのは初めてだった。

「ほう……、とうとう舞い込みましたか」

「うむ……、とうとうな」

「どこにはってありました？」

「黒門の柱にじゃよ」

「ほう！　大胆不敵……」

黒門といえば、上野の山下広小路に面した東叡山（とうえいざん）の正門である。その柱に火つけの予告をはりつけていくとは……。

「いつ、だれがこれを見つけました？」

「見つけたのは山まわりの同心じゃ。時刻は五ツ半（九時）ごろであったかな」

「いよいよ、山内の建物が焼かれる順番が回ってまいりましたな」

「そうらしいのう……」

それから宮さまはからからとお笑いになった。

「宮家……。そのご様子では、下手人に心当たりがおありのようですな？」

「いや、下手人はわからぬ。しかし、下手人を使っていると思われるものの見当はついている」

「わたくしにもわかるような気がいたしまする」

「では、伏せ書きをしてみようか？」

宮さまはすずり箱をお引き寄せになった。——宮さまとじゃが太郎兵衛が別々に思っていることを書き、同時に見せ合うのである。

その結果は――

宮さまのほうは――〝水野出羽守一味〟……。

じゃが太郎兵衛のほうは、――〝出羽、石翁、智泉院日道〟……。

「ははは……、やっぱり、同じことを考えておりましたなあ」

「太郎はどうしてそう考えた？」

じゃが太郎兵衛は、きのうのあほだら坊主のことを詳しくお話しした。

「そこで、わたくしはこう考えました――このたびの相次ぐ火つけは、宮家を東叡山より追い出し、京へお戻しするための陰謀であると……」

「なるほど……」

「この二カ月の間に十度の火つけがあり、そのうち二つは寺、一つは社でございます。これらの住職、神官は、いずれも八丈へ遠島になっております。もし、東叡山の建物を焼失いたしますれば――」

「まさか、一品親王のわしを、幕府は島流しにはできまい」

「しかし、すでに、二住職一神官は遠島という前例ができております。宮家なるがゆえ

に、建物焼失の罪をとわれなかったとなれば、ほかの僧侶、神職が心よしといたします
まい。また、宮家におきましても、よい心持ちではございますまい」
「さよう。少なくとも、隠居願いは出さずばなるまいな」
「それがねらいでございまするよ。出羽守、石翁にとってはこの上もない邪魔者、智泉
院日道、お美代の方にとって目の上のこぶ――」
「その邪魔者、こぶというのは、わしのことか」
「ははは……、そうらしいですなあ。ことに、智泉院を東叡山、増上寺と同格の将軍家
ご菩提所となし、その住職になりたくてうずうずしている日道にとって、宮家は大こぶ
でござりましょうな」
「ふふふ……、寺を焼かれて坊主は遠島……」
宮さまは、じゃが太郎兵衛から聞いたばかりのあほだら経をお口ずさみになった。
「わざとそのような文句を歌いまわらせ、上野の建物が焼失した場合、宮家の隠居をい
やとはいわせぬ出羽守一味の腹……」
さて、宮さまはじゃが太郎兵衛の顔をご覧になった。
「売られた喧嘩じゃ、どう受ける？」

「その喧嘩、宮家に代わって、太郎が買いましょう……」

それから半刻ほどして、じゃが太郎兵衛は、浅草蔵前片町のちっぽけな居酒屋で、杯をなめていた。

縄のれん越し、狭い道を隔てて、若年寄直属の公儀天文ご用屋敷の表門が見えている。

じゃが太郎兵衛と向かいあって、中間がひとり飲んでいる。——背中に大きく天の字を染め抜いた印半纏（しるしばんてん）……、天文屋敷の中間であった。

「——そりゃあ、おまえさん、ごうぎなものでさあ。日の出、月の出の時刻から、潮の満ち引きがちゃーんとわかるんだ。天気だって、五日先、十日先のことはまあちょい無理だが、今夜はどっちから風が吹く、あしたは雨か曇りか、ちゃーんとわかるんだ」

中間は、じゃが太郎兵衛からふるまわれた酒に、べらべらといい心持ちでしゃべり続けた。

「ははは……、あしたの天気なら、わしだってぴたりと当てるぞ。——あしたは雨が降る、天気ではない」

「え!?　あしたは雨だっておっしゃるんですかい」

「――あしたは、雨が降る天気、ではない」

「はてね、雨が降るような天気じゃねえ。つまり、晴れだってんですかい」

「ふふふ、どうじゃ、――あしたは雨が降る天気ではない……、こう言っておけば、降っても照ってもぴたりと当たるわけだ」

「けっ！　そんなんじゃねえ。天文ご用屋敷じゃ、風なら東北風か東南風か南風か、雨なら小雨かにわか雨か大雨か、そこまでちゃーんとわかるんでさあ。なにしろ、天文方の先生がたは、この道で四十年五十年とたたきこんでなさるんだ。――あしたア雨降る天気じゃねえ……なんて、いんちきなのとは違いまさあね」

「ほほう……、天文屋敷はじいさまばかりか。ま、そうでなければ、遠眼鏡で月や星の尻をのぞくしんき臭い仕事はできまいのう」

「旦那はあっちに喧嘩を売る気ですかい？　ふん、ご用屋敷にも、鳥山佐十郎さまって、若手のぱりぱり、ことし二十六って天文方もいらっしゃいますぜ」

「ぱりぱりか……。とんだ虫っ食いのぱりぱりだなあ」

「あれ！」

中間は、驚いて、じゃが太郎兵衛を見詰めた。

「旦那……、如見堂の娘のことを知ってるんですかい？」

「知ってるよ、色が浅黒くって、目が大きくって、ちょいと男をひきつける娘だ。ユリって名だったたっけなあ」

「そうなんですよ。あたしも内々心配してるんですがね、娘より悪いのはおやじの如見堂だ。娘をおとりに、毎日、鳥山さまからきょうあしたの天気を聞き、いかにも算木筮竹から割り出したような顔で、ずばりずばりと天気を当てる。訳を知らねえ亡者どもは驚きまさあ。――お玉ガ池の如見堂はよく当たる――ってね。このところ大繁盛ってわけでさあ……」

これだけ聞き出せば、もう用はない。

しばらくすると、じゃが太郎兵衛の姿は、神田お玉ガ池の易断所、如見堂の表に現れた。

そっと中をのぞくと、きのうのあほだら坊主が、きょうは十徳を着て宗匠頭巾をかぶり、もっともらしい顔で易をたてている。

――なるほど、なかなかの繁盛だ。中に、六、七人の男女が順番を待っている……。

時々、お茶などを持って姿を現すのは、きのうじゃが太郎兵衛が帯を切った女だ。

ずいッ……と、じゃが太郎兵衛が中へ入った。

「――坊主、きょうは両眼開いているな……」

「よっ！」

年増女（としまおんな）の手相を見ていた如見堂が、だっと、立ち上がった。

「――今夜の風は東南風か東北風かッ？」

「げっ！」

「娘ユリを使い、色仕掛けで鳥山佐十郎から風向きを聞き出し、強風の夜を選んで火つけを働いたしれ者ッ！」

「おのれッ！」

如見堂が、ぱっと、持っていた天眼鏡を投げつけた。

さっと、じゃが太郎兵衛が身をかわす。

その瞬間、如見堂は飛ぶように奥へ駆け込んでいた。

「待てッ！」

如見堂を追って奥へ飛び込んだじゃが太郎兵衛が、はっと立ち止まった。――ユリが、ぴたりッと、大刀を正眼につけて、じゃが太郎兵衛の前に立ちふさがったのである……。

如見堂の姿は見えない。――忍者の家には、抜け穴、がんどう返し、落とし穴、つり天井など、奇想天外のからくりがしてある。如見堂は、そのからくりによって、姿を消したのであろう……。

じゃが太郎兵衛は、ユリを見て、にやりと笑った。

「わしは女を斬るのは好まぬ」

「お情け無用ッ……。勝負ッ。きのうは不意を打たれました。きょうはむざむざと負けませぬ」

「女は、優しく、美しく、そして、いつまでも若々しく生きてほしいものよ……」

じゃが太郎兵衛は刀を構えた女に背を向けた。

ユリが何か叫んだ。――が、そのときにはもう、じゃが太郎兵衛は表へ飛び出していた。

3

夜に入ると、強い西風が吹き始めた。

「――先生……」

南京出刃打ちのお都賀が、じゃが太郎兵衛の耳にささやいた。――上野山内、五重の塔に近い木の下やみの中である……。

「――そろそろ亥の刻ですよ……」

「うん……」

「確かにここだけでしょうね？」

「まずな……ほかには仕掛けが見当たらなかった」

じゃが太郎兵衛は、手に持っている小さな包みを眺めた。

包みの中には奇妙なものが入っている。

炭の粉と硫黄と火薬をまぜたものと、水気を含んだぼろ布である。――これが五重の塔最上段の軒下に差し込んであるのを、日暮れ直前にお都賀が見つけ出したのだ。

「――危ないとこだったよ、お都賀さん……。これが見つからなかったら、火つけの予告のとおり、亥の刻ごろには、五重の塔は炎に包まれていたかもしれぬ」

「なんだかあたしにゃよくわかりませんけど……」

「風がだんだん強くなってくる。ぼろ布の水気があおられ、硫黄に働きかけて熱をもってくる。やがて、火薬ががっと発火し、炭の粉が真っ赤になる。そこへどっと風が吹きつけて、たちまち炎があがる。いままでのつけ火で焼けた家が、みんな軒下から火を吹いたのは、この仕掛けのためなんだ」

「でも、先生はよくそこへお気がつきになりましたねえ」

「なあに、火つけを予告すりゃ、みんな用心する。用心しているところへ行って火をつけるのは難しい。とすると、予告した時刻よりずっと前に、なにか火の出る仕掛けをした……と考えたわけじゃよ。しかも、下手人は天文ご用屋敷から、その日、その夜の空模様を聞き出し、風の強い夜だけを選んでいる。どうやら硫黄を使っているな……と気づいた。そこで、太夫(たゆう)の助勢を頼んだのじゃよ」

東叡山は、ご本坊を中心に、子院が三十六ある。

――しかし、子院が火事で焼けても処罰は子院の住職だけ、宮家が罪をとわれることはない。宮家をどうでも隠居させるためには、ご本坊か、宮家が管理されている建物を焼かねばならない。

じゃが太郎兵衛はそう考えた。

しかし、宮さまご管理の建物といっても、なかなかたいへんである。ご本坊をはじめ、中堂、文珠楼、吉祥閣、慈眼堂、御霊屋、東照宮、五重の塔、大仏殿、経蔵……。数も多いし、建物が大きい。

そこで、じゃが太郎兵衛は、身が軽く綱渡りから竹竿渡りまでやってのける出刃打ち太夫のお都賀を手伝わせたのであった。

お都賀は、ちょいと裾をからげただけで、地上はるかな建物の軒下をこまねずみのように駆けずりまわり、五重の塔の軒下からこの発火仕掛けを見つけだしたのである。

――もし、五重の塔が焼けていたら……。

と考えると、じゃが太郎兵衛は憤りに体が震えた。――宮さまは間違いなくご隠居であろう。だが、そんなことよりも、寛永以来の江戸名物といわれる朱塗りの五重の塔を、政略のために平気で焼いてしまおうとする水野出羽守一味のものの考え方に腹が立ったのである。

「――許さんぞッ……」

「え⁉」

お都賀が驚いて、じゃが太郎兵衛を見上げた。

「先生……なんかおっしゃいましたか」

「いや、お都賀さんのことではない。……ただ、わしは今夜ほど人が斬りたくなったことはない」

「まあ、恐ろしい！」

「恐ろしいのは、人を斬るやつより、人を斬らせたくさせるやつだ」

――ごーん……と、すぐ近くから鐘が聞こえてきた。鐘は上野か浅草かといわれる山内の鐘楼から突き出された鐘の音である。

風はいよいよ激しく、黒々とそびえる木々の梢は、すべて東へなびいていた。

「――四ツ（十時）ですよ、先生……」

四ツはすなわち亥の刻である。

「――来るでしょうか……」

「どこかで火の手の上がるのを待っているはずじゃ。――亥の刻、火のもとご用心……。そう言っておいたのに火事が起こらなければ、火つけの体面にかけても、火をつけに来ずにはいられまい。たぶん、あいつ自身でここへ――」

じゃが太郎兵衛がふっとことばを切った。

黒い影が一つ、つつつっ……と、五重の塔へ駆け寄っていったのである。少しくらい音を

足音などには気を配らぬ大胆な足どりだった。もっとも、風が強い。

たてても、この風では吹き消されてしまうだろう……。

影はじっと五重の塔を見上げていたが、やがて、ぱっと手を振り上げた。

――きーん……最上段の軒下に跳ね返る鋭い鉄片の音が、風に乗って、じゃが太郎兵衛にも聞こえた。

じゃが太郎兵衛は、そっと、影の後ろへ近づいていった。

影が、ふたたび、手を振り上げようとした。

「――むだだよ、如見堂……」

「やっ！　おのれまたッ……」

黒頭巾(くろずきん)の如見堂が、ぱっと、飛びのいた。

「いくら鉄つぶてを投げても、ない火薬は発火せぬわ」

じゃが太郎兵衛は、手に下げた包みをゆっくり如見堂の目の前に差し出した。

「けっ！　そ、それまで見破ったかッ」

「ふん……ちと図に乗りすぎたようだな、如見堂……。わざわざ骸骨長屋の近くまで出張って、あほだら経を歌いまくった。そちらはこのじゃが太郎兵衛をからかいに来たつもりだったろうが、わしはおかげで、出羽守一味の悪計に気づいた」

「くたばれッ！」

ぴゅっ……と、鉄片が風を切った。

が、じゃが太郎兵衛は、とっさに、身をかわしていた。

「都合のよいものだな、その鉄片は……。時には人相を変える目隠しとなり、時には四つ脚の手裏剣となり、また時には火薬を発火させる火打ち石となる」

「とうーっ！」

如見堂が、抜き討ちに、じゃが太郎兵衛の左首筋へ斬り込んできた。

が……、ちかっと青い火花が散った。

「――うっ」

如見堂がぐらっとよろめいた。

飛び違いざまに、如見堂の刃（やいば）を払い前へのめる背中へ、すかりッと一刀を浴びせかける……。目にもとまらぬじゃが太郎兵衛の早業である。

よろりッ……、よろりッ……、如見堂は、刀を杖に、もつれる足を踏みしめて逃れようとしている。

じゃが太郎兵衛は、血刀を下げたまま、ゆっくり、その跡へついていった。

「――先生ッ……」

お都賀があえぐような声で呼んだ。

「――待っていてくれ、お都賀さん……山内で人命を奪うことを、宮家はおきらいなんでなあ」

「でも……、でも……、もう勝負は」

「なんの、あの一太刀は浅い……。きゃつは火炎の極悪人……。わしの水煙剣で、命の燈火を消してやらねばならぬ……。八丈島で苦しみ続けている遠島の僧侶、神官のためにも、腹を切らされた旗本のためにもな……」

如見堂は清水坂の上まで逃れていった。

坂の下に、女の影が、すっと立っていた。――ユリである。

その姿に、如見堂は力を得たらしい。

「――しゃっ！」

振り向きざまの片手なぐり、如見堂はじゃが太郎兵衛に一刀を浴びせようとした。

が……、ころころころッと坂を転がり落ちていったのは、如見堂であった。

ユリの足もとまで落ちた如見堂は、二度と動かなかった。

「――ユリ……。如見堂はおまえの父か？」

じゃが太郎兵衛は坂の中ほどに立って尋ねた。

ユリは、じっと、じゃが太郎兵衛を見上げて答えない。

「では……兄か？」

「………」

「夫か？」

「――上役です……」

初めて、ユリが口を開いた。

「それはよかった。わしは、女から、親、兄、または夫の仇(かたき)などと呼ばれとうはない――」

じゃが太郎兵衛は、とっとっと、坂を上った。そして、坂の上から、もう一度ユリを見下ろした――

「ユリ……。忍者の道は厳しい。その最期は哀れだ。女だてらに、忍びの者などやめたほうがよいぞ……」

そのまま、じゃが太郎兵衛は、西風が吹き狂う山内へ、引き返していった。――五重の塔の下には、お都賀が待っているのだ……。

天地無双剣

1

「ご門限……。ご門限であるぞ……」

　幾人かのお山同心が、上野の山内を回って、紅葉を楽しんでいる人々を追い立てていた。

　上野東叡山寛永寺の境内は、春の花、秋の紅葉はもとより、一年を通じて江戸随一の行楽の地であった。

　しかし、山内開放は暮れ六ツ（六時）まで……。夕暮れの鐘の音とともに、お山同心が下山を促して歩くことになっていたのである。

　ところが、この日……。山内を出てくる人々の間を縫うようにして、広小路から三橋をわたり、東叡山正面の入り口である黒門へ急ぐ駕籠（かご）があった。

　駕籠は女乗り物。まわりを六人の腰元が取り巻いている。

「――はてね？　今ごろから、どうしたっていうんだろう？」

「なあに、お身内に病人でもあって、急ぎのご加持でも頼みに行きなさるんだろう……」

時分はずれの駕籠にちょいと首をかしげる者はあっても、格別の不審を抱くものはなかったようである。

やがて、駕籠は、文珠楼を過ぎて、そのままご本坊へ入っていった。

ここで奇妙なことが起こった。

駕籠が玄関に降ろされると、待ち構えていた若い僧侶が四人駆け寄り、そのまま駕籠を奥の書院まで担ぎ込んでしまったのである。

書院には輪王寺の宮さまがお待ちになっていた。

「――いかがいたしましょう？」

若い僧侶のひとりが、そっと、宮さまにお尋ねした。

「いや、そのまま……。そのままがよい……」

宮さまは、四人の僧に、立ち去れと合図をされた。

「――さてと……、駕籠の中のおひと、ここには、今、わしのほかにはだれもおらぬ」

「は……では、駕籠を出ましてご挨拶を申し上げます……」

答えたのは、意外にも、男の声であった。

「いやいや……。出ぬほうがよかろう。わしは貴公に告げ口や注文をつけるのではない。ここでひとりごとをいう。それを聞こうが、聞くまいが、それは貴公の勝手じゃ……」

宮さまは、お手を後ろで組んで、書院の中をゆっくりとお歩きになった。

「いまや、天下はまことに泰平、庶民はおのおのの暮らしを楽しんでいる……ように見える。しかし、これは見せかけだけじゃ。粗悪小判の乱発で、米は値上がり、味噌は値上がり……。将軍が愛妾をたくさん抱えて五十人ものお子をつくられるから、下々もこれにならって男女の道は乱れ放題。いやもう嘆かわしい世の中じゃ……」

宮さまは、ゆっくり歩きながら、ひとりごとをつぶやかれる。――駕籠の中は、まるで人がいないかのように、ひっそりと静まりかえっていた。

「これというのも、老中水野出羽守、ご愛妾お美代の方をはじめ、中野石翁、中山法華経寺智泉院日道などが悪いからじゃ……と、世間ではうわさしている……。ことに、お美代の方の実父である日道の振る舞いは、沙汰の限りじゃ……というものもある」

そこで宮さまは、懐から、一枚の紙きれをお取り出しになった。

「どだい、僧侶である日道に、お美代という娘があることからしておかしい。子供があるからには、女犯の罪を犯していることは明らかじゃ。ところが、日道は、おとがめもうけぬどころか、娘お美代の力で、いまは大奥にまで勢力をはっている。それでこと足りず、大奥の女中どもを智泉院に引き入れ、日夜をわかたぬみだらな暮らし――」

「――もしッ！」

駕籠の中から、初めて、声が聞こえた――が……、宮さまはにっこりほほえまれた。

「ひとりごと、ひとりごとじゃよ……わしはここに一枚の紙を持っている。幾人かの名が書いてある。みな智泉院に赴き、日道はじめ破戒の僧侶と淫楽にふけった女どもじゃ」

宮さまは持っていた紙をお広げになった――

「えーと、まず、大奥ご老女伊佐野、野村、滝山、花崎……。驚いたことよ、大奥二千の女中を取り締まる老女が四人まで売僧に抱かれている。それから、表使い岩井、滝沢。お客あしらい花沢、染岡、波江。お伽坊主栄嘉……。わしが調べあげただけでも、ざっと十人あまり……」

「それは証拠がござりまするか？」

「ひとりごと……。ひとりごと……。わしは証拠のないことはいわぬ……」

宮さまは、お手の紙を、すーっと、駕籠の中へお差し入れになった。

ちょうどそのころ、とっぷり暮れたご本坊のお庭先へ、黒い影がひとつ、つつつ……と音もなく滑り込んできた。

影は、蝙蝠のように軽やかな身ごなしで、書院の障子外へと近づいていく。ヤの字に結んだ帯、矢がすりの着物、お高祖頭巾……、明らかに女。しかも腰元姿である。

女は、吸いつくように、ぴたりッと障子へ体を寄せていった。

が……、突然、ぎょっと振り返った――及び腰に開いた右のつまさきを、ぎゅっと踏んづけられていたのである。

「あ……」

お高祖頭巾の奥で、女の瞳が恐怖におののいた。――ぬーっと、じゃが太郎兵衛が突っ立っていたのである。

どういうつもりか、じゃが太郎兵衛はふところ手だった。

「——ふむ……、忍者ではないな……」

じゃが太郎兵衛は、中から聞こえる宮さまのお声を乱すまいとするかのように、含み声でいった。

「けなげなものよ……と、褒めておこう。主人の命令か、親の言いつけかしらぬが、よくぞここまで忍びこんだ。が……、宮家のお話し相手にじゃが太郎兵衛のおることを忘れていたとしたら、大ばか者よ。鍛え上げた忍者、隠密(おんみつ)といえども、幾度かわしのために倒れている。まして、そなたのような素人に——」

「けーっ！」

いつ抜いたのか、女は懐剣を逆手に握りしめて、じゃが太郎兵衛の胸へぶつかってきた。

「とう！」

ひらりッと身をかわしたじゃが太郎兵衛の一本刀が、すっ……と流星のようにやみに光った。

「あっ……」

女は、よろよろッとよろめくと、枯れ木のように横倒しになっていた。お高祖頭巾は断ち切られ、その上、高島田の髷がころりと足もとに転がって、女はざんばら髪になっていたのである。

「――わしは女は斬らぬ。命は助けてやる。帰れ……」

部屋の中では、庭の騒ぎには耳を貸さず、宮さまがひとりごとを続けておいでになった――

「これほどまでに女犯の罪を重ねる智泉院一味を、そのまま捨ておく寺社奉行は明きめくら……と、これもひとのうわさじゃ。が……、寺社奉行もやりにくかろう。日道はお美代の父、相手の女どもは大奥の上席女中……。よほど肝の太い寺社奉行でのうては、これは裁けぬ……」

そこでちょっとことばをお切りになった宮さまは、とんとんと、駕籠の屋根をおたたきになった――

「が……、やりようじゃよ。一度にやらずに、ぽつぽつやる。さて、手始めに、智泉院の納所勇山坊主を女犯の罪で捕まえてはどうじゃ……。相手の女は、わざと大奥の女中を避ける。麹町三丁目、瀬戸物問屋万屋の後家まち……。勇山はこの後家と通じている。この二人を捕まえると、智泉院が慌てる。大奥が大騒ぎになる。次に、勇山が自白したことにして、召し取りの手を次第に広げる。これなら、お美代も、水野出羽や中野石翁も、文句のつけようがあるまい……」

しばらくして、駕籠は、再び、四人の僧の手で、玄関へ運び出された。

駕籠の主は、ついに、一度も外へ出なかった。――が、四半刻ののち、駕籠が入っていったのは、寺社奉行阿部伊勢守（あべいせのかみ）の役宅であった。

ただし、行きは六人の腰元に守られていたが、帰りは五人に減っていた。

2

「――もし、太郎さま……」

暗がりの中から、千年坊寝太郎の娘香代の声が聞こえた。

ここは、外神田、老中水野出羽守の上屋敷の外である。

「――香代どのか……」

小さなくぐり戸の近くに身を潜めていたじゃが太郎兵衛が、そっと立ち上がった。

「それらしい女衆が、あちらのくぐり戸から入っていきました」

「ほう……。わしのほうが運がよかったようだな……」

じゃが太郎兵衛は、やみの中で、にやりと笑った。

――ご本坊の庭へ忍び込んだ女は、必ず、出羽守か石翁のところへ報告に行く……。が、どちらへ行くだろう……。

そう考えたじゃが太郎兵衛は、向島の石翁屋敷の見張りを南京出刃打ちの女太夫お都賀と、もと勘定吟味役並木宮内の娘桐江に頼み、自分は香代を連れて水野屋敷へ来ていたのである。

じゃが太郎兵衛は、香代に連れられて、女が入っていったというくぐり戸へ行った。

先ほどまでじゃが太郎兵衛が見張っていたのは南向き、ここは北向きの不浄門である。

「死骸などを運び出す不浄門を秘密の出入り口にするとは、いかにも出羽守のやりそうなことじゃよ」

「ここで、あの女衆がくぐり戸を三度たたくと、すっと戸があきました」

「ふむ、面白い……。香代どの、あの女がやったとおり、たたいてみてくれぬか……」

「はい……」

かつて、雪の小塚(こづか)っ原(ぱら)の獄門台から、父親千年坊寝太郎の首を奪い取ろうとした香代は、女ながらも度胸がすわっている。

恐れげもなくくぐり戸へ近づくと、こーん、こんこんと、軽く戸をたたいた。

と……ぎーっと戸が開いた。

すっと、じゃが太郎兵衛が中へ入る。とたんに――

「よっ、かたりめッ！」

しゅっと、鋭い穂先が、じゃが太郎兵衛の胸先へ伸びてきた。

「どっこいッ……」

ぐいっと槍(やり)の千段巻きを握ったじゃが太郎兵衛は、相手を見るとくすりッと笑った。

――槍の使い手は、衣の袖(そで)をまくり上げた大坊主だったのである。

「不浄門の門番が坊主とは、しゃれた話よのう」

「ぬかせッ！　宝蔵院流の槍さばき、この勇山が見せてやるわッ」

「勇山!?　ほう、智泉院の納所(なつしょ)坊主はおぬしか？」

「よっ！　おれを知ってるきさまはッ？」

「ははは……、わしを知らずに、よく門番が勤まるのう。じゃがじゃよ」

「なにッ!?」

「じゃが太郎兵衛――」

「きえっ!」

勇山は、じゃが太郎兵衛の名を聞くと同時に、槍を引き、電光石火の素早さで再び繰り出してきた。

が……、すぱり……。槍はもののみごとに二つになっていた。

「よっ! 組み打ちだッ」

勇山は、手に残った槍の切れっ端を、地面にたたきつけた。

「ばか者ッ! 衣の袖を見てみぃッ」

「なんとッ! やっ……」

勇山が慌てた。――いつのまにか、衣は、両袖とも、すかりと切り落とされていたのである。

「南蛮刀法居合い斬り……、とっくに、おぬしは死んでいたのじゃよ。が……ここでおぬしを殺しては都合が悪い。そのうちに、女犯の罪で日本橋にさらさねばならぬからだ。命はしばらく預けた。ありがたく思えッ」

「くそッ」

やけのやんぱち……。勇山は、猪（いのしし）のように鼻の穴をおっぴろげて、じゃが太郎兵衛にむしゃぶりついてきた。

「坊主ッ、身のほどを知れッ」

じゃが太郎兵衛がすっと体をひねると、勇山坊主はとんとんとんと泳いでいく。

「うっ……」

泳いだ勇山があおむけにのけぞると、どすっと棒杭（ぼうぐい）を投げ出したように倒れた。——香代の小さな白い拳（こぶし）が、勇山の巨体を当て落としたのである。

「——おみごと……。では、ここでしばらく待っていていただこう」

「いえ、奥までお供いたしとうございます」

「いかんな……。香代どの、わしは弱い女のほうが好きじゃ」

「はい……。すみません……」

じゃが太郎兵衛は、香代を残して、奥へ進んでいった。

さすがはときめく老中水野出羽守忠成の上屋敷である。庭は奇木珍石を集め、建物は棟と棟を続けて広壮である。

と……、奥まった座敷から、華やかな笑い声が聞こえてくる。

「――ほう……」

声を頼りに近づいていったじゃが太郎兵衛が、目をみはった。

座敷の前庭は、いまや桜の花のまっさかりである。

……なんということ、十一月の声を聞いているのに……!?　造花か？　いや、ほんとうの花である……。

思わず築山の裾伝い（すそづた）に桜の木に近づいていったじゃが太郎兵衛は、そこに積み上げられている大量の炭俵とのりでかためた晒木綿（さらしもめん）の山を見た。

この炭俵と晒木綿が、十一月に桜を咲かせる魔術の種だったのである。――つまり。

縫い合わせた広い晒木綿をすっぽりと桜の木にかぶせて冷たい風を防ぎ、その下でどんどん炭火をたいたわけである。

時ならぬ暖気に包まれた桜は、季節を忘れた狂い咲きの花を開いたのだ。

いったい、幾日かかったことであろう……。

そして、幾人、いや、幾十人かの人間が、昼も夜も、炭火をおこし続けたに違いない。

しかし、この花は、おそらく、今宵一夜で、寒さのために散り敷いてしまうことであろう。

——なんというぜいたく……。なんという僭上沙汰であろう。帝といえども、冬の桜をご覧になろうなどとは、お考えになったこともあるまい。将軍といえども、十一月に花が咲くとは、夢想だもしていないであろう。

それを、たかが一大名が……。

じゃが太郎兵衛は、憤りに胸を膨らませて、座敷をうかがった。

中野石翁がいた。智泉院日道、日量の破戒僧親子がいた。そのほかに幾人かの侍と僧侶が、女を引きつけ、杯を上げている。が…、水野出羽守の姿は見えなかった。

じゃが太郎兵衛は、こんな奸物や売僧のために、無理に咲かされた桜が哀れに思えた。

——天下のために禍根を絶つのは、今宵は絶好の機会である……。ここに石翁がおり、日道がいるのだ。

が……、じゃが太郎兵衛は、じっと唇をかんで、そっとその場を離れた。——斬るなら、真っ先に、水野出羽を斬りたい……。

それに、あの間者を務めた若い女のことが気がかりだった……。

「――石翁と日道を呼べッ……」

いらだたしげな声が聞こえた。――確かに出羽守の声である。

じゃが太郎兵衛は素早く床下へ身を隠した。――大名屋敷の床は高い。曲者が床下へ逃げ込んだとき、これをからめとるのを容易にするためだが、いまの場合、じゃが太郎兵衛は楽に身を隠すことができた。

あわただしい足音が聞こえた。――石翁や日道が、やって来たのであろう。

すぐ出羽守の声が聞こえてきた――

「――石翁、日道、この女は、わしが寺社奉行阿部伊勢守の屋敷へ入りこませておいたのじゃが、きょうはとんでもないことを聞き出してきたのじゃ……」

出羽守は、いま女から聞いたばかりのことを、詳しく石翁と日道へ物語った。

――寺社奉行阿部伊勢守が女乗り物で東叡山ご本坊を訪れたこと――

――輪王寺の宮さまが、いちいち女の名前をあげて、日道はじめ智泉院の僧侶たちが女犯の罪を犯していると説明されたこと……。

――さしあたって、智泉院の納所勇山と万屋の後家まちを召し取れと方策をお授けになったこと。

「ふーむ……、目の上のたんこぶですわいッ、宮家は……」

そういったのは中野石翁である。

「これ女、宮家は証拠を握っておいでのようであったか？」

「そこまではわかりませなんだ」

女が低い声で答えている。

「実は、わたくし、じゃが太郎兵衛に――」

「なにッ、じゃが太郎兵衛に見つけられたのかッ？」

出羽守が驚いて尋ねた。

「はい……。斬り捨てられるものと覚悟しておりましたところ、――わしは女は斬らぬ……と、髷（まげ）を切り落とされました」

「そのほう、出羽守に言いつけられたと申したのかッ」

「いいえ、さようなことは口が裂けても申しませぬ」

「ふーむ……」

出羽守は考えこんだようである。

「よい……。もうよい。そちはさがれ……」

「はい……」

女か静かに部屋を出ていった。

3

「——まずい！　実にまずいッ……」

床下のじゃが太郎兵衛に、出羽守がつぶやく声が聞こえた。

「ご老女伊佐野、野村、滝山亜花崎……。どれもこれもよい年をして……。日道、この女たちと戯れたことは、間違いないのか？」

「まことに、どうも……、お恥ずかしき次第で……」

日道が、ぶつぶつと、口の中で答えている。たぶん、冷や汗でもかいていることだろう。

「日道、貴公いくつになる」

「あとひと月あまりもいたしますと、七十二でございますよ」

「やれやれ、老いてますます盛んというわけじゃのう……」

聞いているじゃが太郎兵衛は、むかむかしてきた。——なんという恥知らずどもの集まりだろう……。

が、……思えば、いま頭の上には、この泰平の御代を食いものにする三悪人がそろっている。

——斬ろうッ！

じゃが太郎兵衛は、そっと、床下を抜け出そうとした。——が、突然、じゃが太郎兵衛の足を止めさせる声が聞こえてきた——

「御前、いまの女、生かしておくおつもりですかな」

石翁がいったのだ。

「なに？　どうしようというのじゃ」

「斬りましょう」

「なぜだ？　あれは、わしの家臣上村勘兵衛の娘お志賀……。心配はあるまい」

「いや……。あの女は、じゃが太郎兵衛から、一命を助けられておりますぞ。娘心はまことに変わりやすきもの、どんなことから敵へ心を寄せぬともかぎりませぬ」

「うーむ?………」

「斬りましょう」

だっと畳をけって、石翁が立ち上がった。

「――だれかおらぬか、急いで参れ……」

たちまち、大勢の足音が駆け寄ってくる。

「そのほうたち、四手に分かれろッ」

石翁が思いがけぬ命令を下した。

「一手は今お長屋のほうへ戻っていく上村勘兵衛の娘お志賀を斬る……。行けッ」

だだだっと、幾人かが走っていく。

「第二の組は不浄門へ急ぎ、張り番をしている智泉院の納所勇山を討てッ。勇山は宝蔵院流の槍を使うぞ。行けッ」

また幾人かの足音が乱れた。

「次の組は、麴町三町目へ急げ。瀬戸物問屋万屋へ乗り込み、後家のまちを斬るのじゃ。急げッ」

じゃが太郎兵衛は唖然(あぜん)とした。冷酷無残、自分たちの一身を守るために、一刻(いっとき)前までの味方すら情け無用に命を奪う……。石のごとく、氷のごとく冷ややかな石翁である！

――しかし、百人の極悪人を見逃すとも、一人の善人が命を奪われるのを見殺しにすることはできぬ……。

じゃが太郎兵衛の心は瞬間にして決まっていた。

――出羽、石翁、日道の三奸物を斬る機会はまた来るであろう。お志賀を助けねばならぬ！　不浄門にいる香代が危ない！　できることなら、万屋の後家も助けてやりたい……。

じゃが太郎兵衛は床下を走った。

「――殿ッ！　殿さまッ！　お情けのうございますッ……」

お志賀の悲痛な叫び声が聞こえてくる。――かわいそうな女だ……。命がけで間者の務めを果たし、そのために命を奪われようとしているのである。

お志賀は四人の武士に囲まれていた。

「――藤木さまッ……、南条さまッ……、お願いでございますッ……。川路さまッ……、浅野さまッ、お見逃しくださいッ……」

刀を抜いて迫る四人の男は、同じ家中のもの、お志賀とは顔なじみだった。

「ならぬ。君命だッ、死ねッ」

一人の男がさっと刀をふりかぶった。

が……、わっ……と叫んで倒れたのは、お志賀ではなく、その男のほうだった。

「よっ！　なにやつッ……」

残った三人が、突然現れた背後の敵へ刃（やいば）を向けた。

「あ！　じゃが太郎兵衛さまッ……」

お志賀が叫んだ。

「やっ、じゃが太郎兵衛かッ……」

男三人はぎょっとしたようである。

じゃが太郎兵衛は、小石を一つ、ぽんぽんと右手でおもちゃにしていた。――さっき、小石を二つ拾い、一つで一人の男を打ち倒したのである。

「わしは忙しいのだ。まだしなければならぬことがある。おとなしくその娘を渡してもらいたい」

「黙れッ！」

しゃっ……三人の男が、同時に、三方から躍りかかった。

「いよっ……」

じゃが太郎兵衛は、すーっと、三人の間をぐり抜けていった。

が……、ただ通り抜けただけではない。南蛮刀法居合い斬り……。

「――志賀どのッ、行くんじゃッ……」

お志賀の手を引いて走るじゃが太郎兵衛のあとには、四つの死骸が転がっていた。

――一人は石で打ち殺され、三人は瞬間になぎ倒されたのである。

不浄門では、香代が六人の男に囲まれていた。――太い松の幹を背にして、二つに切り離された勇山の槍を握り、天地無双に構えているのである。女ながらも、すきのない二刀流の手なみだった。

お志賀を連れて駆けつけたじゃが太郎兵衛は、足もとに転がっている勇山坊主の首に、ほーっと、ため息をついた。

「――遅かったか……」

「やっ！」

男たちは、じゃが太郎兵衛とお志賀の姿に愕然として、香代を取り囲んだ刃の輪をほどいた。

「勇山が殺されては、寺社奉行どのが困るだろう」

「名のれッ！　何者だッ」

「ふん……」

じゃが太郎兵衛は、いきりたつ男たちをしり目に、お志賀を香代に押しつけた。

「頼むぞ。香代どの……。このひとを無事なところへ連れていってほしいのだ」

「太郎さまは？」

「二人が追っ手の届かぬところへ行くまで、ここに立っている。さ、行ってくれ」

「はい……」

香代とお志賀はくぐり戸へ近づいていった。

「それッ、逃がすなッ」

男たちはくぐり戸へ先まわりしようとした。

「待てッ……」

じゃが太郎兵衛が大手を広げた。

「わしは立っているといった……。おぬしたちが手出しをせぬなら、わしはただ立っているだけだ。が……、おぬしらが動けば、わしも動くぞ」

その間に、香代とお志賀はくぐり戸から飛び出していた。

じゃが太郎兵衛は、内側から、ぴしゃりッと戸を閉めてしまった。

「いま、ここを出ようとすれば、死骸になるぞ……。もともとここは不浄門だからな」

「てーっ！」

ひとりが、無謀な逆さ袈裟を、じゃが太郎兵衛に仕掛けた。

が、自分の力で歩いたのはわずか二、三歩だった。四歩目は、くにゃっと、膝が曲がって突っ伏していた。……ぱっくりのど笛が口を開き、ぷっと血を噴き出していたのである。

「やったなッ！」

ひとりの男がわめいた。

あとは、じゃが太郎兵衛を軸にして、五人の男が渦を巻き、それが卍となり、巴となり、じゃが太郎兵衛ひとりが残っていた。

「だから、動くなといったのじゃ。おぬしたちが、無理に、わしを動かせたのだぞ……」

じゃが太郎兵衛は、六つの死骸と、首を切り離された勇山坊主の死骸を眺めてから、静かに不浄門を出た。

「——さてと……、これから間にあうかな……」

次の瞬間、じゃが太郎兵衛は風のように走っていた。

——外神田から麴町三丁目へ……、瀬戸物問屋万屋へ……。

が……。これは遅かった。じゃが太郎兵衛が駆けつけたとき、麴町界隈(かいわい)は上を下への大騒ぎになっていたのである。

「——ひでえことをしやがるじゃねえか。万屋の若夫婦が斬り殺されたとよ」

「へえー。で、あの色気ばばあのおまち後家は？」

「若い番頭をお供に、大山参りだとよ」

「へえー、あのばばあが殺されりゃいいのに。うまくいかねえもんだな……。それで、斬った野郎は？」

「それがね、大きな声じゃいえねえが、どうやら水野出羽さまのご家来らしいぜ」

「そいつアいけねえ。相手が出羽さまじゃ歯が立たねえ。殺され損だな……」

じゃが太郎兵衛の耳に、こんな話が流れてくる。

——いや、殺され損ではないぞ……。歯は立つぞ……。

じゃが太郎兵衛は胸の中で叫んでいた――

――水野出羽は必ずわしが斬るッ。万屋の若夫婦とやら、無縁ながら、わしが出羽を斬るときには、この一本刀におぬしらの恨みもこめてやるぞ……。

じゃが太郎兵衛は、麴町から千鳥(ちどり)ガ淵(ふち)を右に見て、とっとっと九段の坂を降りていった……。

死生流転剣

1

「――さらしだ！　さらしだ！　行ってみろッ……」

　わめきながら、大勢の男女が日本橋を北から南へ走った。――師走もおし詰まった二十日過ぎのこと、ちらりちらりと、白いものが落ちていた。

　日本橋の南詰めの河岸っぷちにさらし場がある。――間口五間、奥行三尺という、うなぎの寝床のような細長い菰葺き小屋である。

　その中に、三尺の間をおいて杭を打ち込み、二人の男女がつながれていた。

　男は中年の脂太りした僧侶、女はやっと肩揚げがとれたばかりの小娘である。二人の横に、松板の札が立ててあった。これは捨て札といい、さらしの科人の罪状が書き記されている。

　その捨て札によると、男は中山法華経寺智泉院の所化で日海という四十六の坊主。女は神田豊島町の魚屋の娘でおこん、年はまだ十八だった。——つまり、女犯である。

「へえー、あのたこ坊主が、この小娘を抱いたのかい……」

「当節の坊主はなまぐせえとは聞いているが、魚屋の娘をものにするたア、いよいよなまぐせえやね……」

「四十六の坊主と十八娘……。なんとずぶといずく入道じゃねえか……」

群衆は、大声で、そんなことばを、日海とおこんに投げつけている。——大体は、女よりは男に対する悪罵である。

日海は、ふてくされたように下唇を突き出し、目を閉じていた。おこんは、うつむいたっきり、消え入りたそうに肩をすぼめて震えている。

さらしの刑は三日間と決まっている。それからは、罪状によって、重ければ遠島、軽ければあほう払いといって破れ唐傘一本をしょわされて所払いになるのだ。

日海、おこんが、この刑場で公衆の前にさらされたのは、朝の五ツ（八時）どき。それから四刻（八時間）たった七ツ（四時）には、罪人駕籠に乗せられて、寺社奉行阿部伊勢守の屋敷へ送られていった。

寺社奉行、勘定奉行、町奉行……、これを江戸の三奉行という。ところで、このうち奉行所があるのは町奉行だけであった。寺社奉行も、勘定奉行も、奉行の屋敷を役宅にしていたのである。日海とおこんは、伊勢守の屋敷内の牢屋へ、別々にほうりこまれた。

そして、さらし第一日の夜が更けていった。

「——日海どの……日海どの……」

静まり返った牢屋の近くで、女犯の破戒僧日海を呼ぶものがあった。

「——わしかな……。わしになにか用かな……」

暗い牢屋の中から、答える声が聞こえた。

「おう……、ここにおいでか……」

黒い影が、するすると牢格子の前へ忍び寄ってきた。——黒装束に黒頭巾、忍び者の姿である。

影は、出入り口におろされたえび錠を、わけもなく外してしまった。

「さ……、出られまするぞ……」

が……、奥の男は動かなかった。

「――おこんはどうするのじゃ」

「助けましょう。どこにいます」

「隣の牢じゃ」

黒い影は、滑るように隣の牢へ近づくと、手ぎわよく錠を外した。

「――おこんどのか？」

含み声で尋ねた。

「はい……どなたさまでございます？」

「わしの名などどうでもよい。さ、早く出なさい。迎えのものが待っている」

「お迎えが？」

それには答えず、黒い影が手を上げた。

と……、また別の影が、足音もさせず、近づいてきた。――同じく黒頭巾……。だが、これは帯を胸高に締めた女だった。

「――おこんどのを……」

「はい……。ご案内申しまする……。おこんどの、お早く……」

女の影に促されて、うなだれた娘が牢から出た。

「――足音をさせてはなりませぬ……。こちらへ……」

女の影は、娘を案内して、男牢の前を通り過ぎていった。

男の影が再び男牢の前へ戻ってきた。

「おこんどのは行きました。では、日海どのも……」

「わしはいやじゃ」

「え!?」

「わしはここにいる」

男の影は、いささかあせり気味に、牢の中へ入ってきた。

「日海どの、折角お助けに参ったのに、どうしていやなどと申されるのです?」

「わしは長袖者(ちょうしゆうもの)……、坊主じゃ。三日間のさらしものが済めば、牢を出され、縄を解かれる。遠島になるか、所払いになるかわからぬが、死罪になることはまずあるまい……」

奥の男は、ここで一度ことばを切ると、ふふふと、小声で笑った。

「ところが、いま貴公に助けられると、こんど捕らえられた折には、破牢の罪で打ち首になるじゃろう」

「されば、絶対捕らわれぬところへお逃がししましょう」

「はっははは……、絶対捕らわれぬところか……。それはどこじゃな?」

「さ……、それは……」

影は答えに詰まった。


と……、奥の男が、突然、激しい声でいった――

「わしを殺す気であろうッ」

「げっ!」

「わしを地獄へ送ろうというのであろうッ。地獄までは、寺社奉行の手も届かぬからな。絶対捕まらぬわけじゃ」

「ソッ、そんな……」

「貴公……、智泉院から頼まれたか?」

が……、影は答えなかった。

「それとも、向島の隠居、中野石翁に頼まれたか? 水野出羽守に頼まれたか? いずれにもせよ、日海を牢舎より連れ出し、斬り捨てろと命ぜられたであろう。日海に自白されては、智泉院日道、日量親子の淫乱きわまりない破戒生活がばれる。それでは、智泉院と断ち切れぬつながりを持つ石翁や出羽守が困る。日道の娘、ご愛妾お美代の方の立つ瀬がなくなる――」

「きえーっ！」

だしぬけに、黒い影が一間あまり飛んだ。抜き討ちざまに、必殺の刃を浴びせかけたのである。

が……、奥の男は、むささびのような素早さで、その刃をかいくぐっていた。

「――よっ！」

影が愕然として叫んだ。

――いま、牢格子を背にして、すくっと立っている姿……。坊主頭でもなかった！

豊かな切り下げ髪をきりりっと束ねている。

「な……、何者ッ……」

「じゃが太郎兵衛」

「うっ……」

「待っていたのじゃ……。たぶんこんなことであろうと、阿部伊勢守どのとしめしあわせ、わしは待っていたのじゃよ」

「では……、では……、おこんは……」

「ははは……、わしの命令で働いている女じゃよ。もっと詳しくいえば、もと勘定吟味役並木宮内の娘桐江……おこんでなくて気の毒であった」

きりりッ……、黒い影が奥歯をかみ鳴らした。

が……、じゃが太郎兵衛は、ほのぼのとした調子で、ことばを続けた――

「わしが、なぜこのように詳しく、桐江どののことまで打ち明けるか……、それがわかるか?」

「お、おれを斬る気だなッ」

「ふふふ……、さすがじゃ、忍者らしく、勘が鋭い」

「おのれッ、斬られようかッ」

ぴゅっと、再び刃が牢内の湿った夜気を切った。

ちーん……と、鋼の音が響く。

「――しまったッ!」

叫んだのは影のほうであった。

じゃが太郎兵衛のあざやかな早業に刀を跳ねられ、瞬間にして巻き落とされていたのである。

「──見たか……。南蛮刀法逆さ車……。敵の刀勢を利用して、その刃を奪う……」

が……、じゃが太郎兵衛がふっと口をつぐんだ。──いま、話しかけた辺りに、敵の気配が感じられなかったからである。

牢舎の奥は暗い……。黒白も見わけにくい暗さである。そこに忍びの者はいなはずなのだが……。

じゃが太郎兵衛は、五、六歩、静かにさがって、狭い出入り口の前に立って、そっと目をつむった。

──敵はまだこの出入り口を出ていない……。確かに、この中にいる……。

「けーっ」

鋭い気合いとともに、じゃが太郎兵衛は、一本刀の切っ先を、牢獄の天井へ突きつけた。

「とーっ！」

いつ、どうして飛びついたのか、天井裏へ両手両足でやもりのようにはりついていた影が、くるりッと一回転して、じゃが太郎兵衛の後頭部をけとばそうとした。

しかし、じゃが太郎兵衛はすべてを読みとっていた。

ぎゃっ……、すさまじい叫び声をあげた影が、どさっと板敷きの上へたたきつけられていた。

——男の脚は、両方とも、膝の下からずばりッと切り落とされていたのである。

2

「——太郎さま」

伊勢守の屋敷を出たじゃが太郎兵衛のそばへ、千年坊寝太郎の娘香代が駆け寄っていった。

「桐江さまを乗せた駕籠は、吾妻橋のほうへ」

「ふむ……、さては、向島の石翁屋敷へ連れていくつもりじゃな」

「お都賀さんが跡を追っておりまする」

「わかった……。わしも行く」

「あたくしも――」

「いや……。どんな美しい女性でも、走る姿はよいものではない……」

香代はそっと頬(ほお)を押さえた。――昼間なら顔をあからめているのがわかったであろう……。


じゃが太郎兵衛は、風に吹き流される夜霧のように、音もさせず、町々の路地から路地を走り抜けた。

桐江を乗せた駕籠は、裏町を走ることはできない。じゃが太郎兵衛のほうが近道をとれるわけである。

吾妻橋の上に人影はなかった。橋番も小屋の油障子を閉めきって、師走の川風がぴゅーっと河岸っぷちを吹き抜けている。

ほんの少し遅れて、小田原提燈(おだわらぢょうちん)が一つ、左右に激しく揺れながら近づいてきた。

――駕籠のまわりには、四、五人の影が、ぴたりッと付き添っている。

――はてな……。

じゃが太郎兵衛がふっと首をかしげた。――駕籠かきのほかは、みんなお高祖頭巾(こそずきん)……。女ばかりである。

しかも、女ながらも、いずれも刀を差しているようである。中には薙刀(なぎなた)を抱えたものも一人二人交じっている。

女で刀を帯びる者もないわけではない。別式女、刀持ち女、刀腰元などと呼ばれ、大名の奥向きには二、三人から、大大名では七、八人もいたものである。

しかし、いまは真夜中だ……。しかも薙刀まで抱えているとはただごとではない。

駕籠は、真一文字に、吾妻橋に近づいてきた。――が、大川端へ出ると、橋を渡らず、突然、右へ折れて走りつづけていく。

「――ふん……」

橋番小屋の陰にいたじゃが太郎兵衛が、にんまり口もとを崩した。

「――おっと……」

じゃが太郎兵衛は、すっと、小屋の陰から出た。

「太夫(たゆう)……」

「あ……先生……」

町家の軒伝いに駕籠を追っていた南京出刃打ちの女太夫お都賀が、黒い蝶のような身軽さで、じゃが太郎兵衛のそばへ駆け寄ってきた。

「先生、どうしてこんなところに……びっくりしましたよ」

「香代どのに、駕籠は吾妻橋に向かったと聞いて、先まわりをしたのじゃが……」

「あたしゃ向島へ行くのかと思ったんですけど、どこへ行くんでしょ？」

「わしにはわかっている。田沼の鬼姫のところだよ。そういえば、駕籠を取り巻いている女たちのものものしさ……。あれは鬼姫のやつじゃよ」

「鬼姫？」

「万寿院市姫のことじゃ……」

じゃが太郎兵衛は、陣羽織に似た袖なしの裾を川風に翻しながら、河岸沿いに下っていった。

「先生……その鬼姫さんのお屋敷へ乗り込むつもりですかえ？」

「石翁か出羽守へ乗り込めると思っていたのだが、とんだ当て外れじゃ。しかし、行かずばなるまい、桐江どのが捕らわれている」

じゃが太郎兵衛の今宵の動きは、すべて、上野の宮さまのお指図によるものだった。

——寺社奉行阿部伊勢守に、智泉院の下っ端坊主で女犯の破戒をおかしているものを捕らえさせ、これを日本橋にさらす。そうすれば、風儀を乱している大奥の女中たちも恐れをなして、当分はおとなしくなるだろう……。

——また、智泉院の日道も、わきの下をくすぐられるような思いで、将軍家ご菩提所になろうなどという思い上がった考えは捨てるであろう……。

——それにつれて、お美代の方ものさばらなくなるだろうし、出羽守や石翁の専横も押さえることができる……。

宮さまはそうお考えになったのである。

しかし、足もとに火がついた智泉院日道は、石翁か出羽守に泣きついて、捕らわれた破戒坊主を殺し、その口をふさごうとするかもしれぬ。

「——太郎よ、伊勢守の屋敷で、二晩か三晩、牢の見張りをしてくれぬか……」

というわけだったのである。

ところが……、意外にも、伊勢守の屋敷へ伸びたのは万寿院市姫の手だった……。

「——お都賀さん、わしは行くぞ……」

じゃが太郎兵衛は、市姫の屋敷の築地塀(ついじべい)を見上げた。

「どうぞ……」

お都賀は、にっこり笑って、うなずき返した。——桐江や香代のように、わたしも行きます……などとはいわない。

二、三呼吸ののち、じゃが太郎兵衛は塀の内側に立っていた。

この屋敷の案内をよく知っている。——一年ほど前に、父千年坊寝太郎の首を抱いた香代を救い出したのがこの屋敷である。

「——そなた、おこんといやるか？」

障子越しに、市姫の声が聞こえてきた。

「——はい……」

桐江が低い声で答えている。——もと勘定吟味役並木宮内の娘、立派な武家育ちだが、居酒屋〝はんよ〟の店に立って一年近い桐江は、すっかり下町娘が板についているはずだ……。

「そなた、智泉院の所化日海と深い仲じゃそうな……。日本橋でさらされた気持ちはどうであった?」

「これこれ……」

突然聞こえた男の声に、じゃが太郎兵衛がぴりっと眉を動かした。

「姫よ、そのようなことを尋ねるものではない。その娘、恥ずかしがっているではないか」

「まあ……、いつもながら、おなごにはお優しゅうございますなぁ」

「ははは……、皮肉を申すな。もっとも、わしが女に優しければこそ、姫の弟は一万石の捨て扶持から五万石に戻ることができたわけではないかな……」

聞いていたじゃが太郎兵衛の身内が、かっと、熱くなった。

市姫の祖父田沼主殿頭は、失政の責めによって五万七千石をとりつぶされ、居城遠州相良を没収されている。その後、市姫の弟意明に一万石を賜ることになったが、これでは市姫は満足できなかった。

――なんとかして、弟をもとの城持ち大名にしたい……。

市姫は、そのために、幾度となく、じゃが太郎兵衛の命をねらい、上野の宮さまへさえ刺客（せっかく）を送って、水野出羽守や中野石翁のご機嫌をうかがったのであった。

そのかいがあって、ひと月ほど前に、市姫の弟意明は、新たに五万石を賜り、旧領地の遠州相良の領主になることができた……。

「それはもう、なにもかもあなたさまのお力添えではござりますけれど……」

「けれど？」

男の声が尋ね返した。

じゃが太郎兵衛は、きっと、唇をかみしめた。——障子一枚向こうに、一万石の田沼意明を五万石の大名にしてやれた男がいる。そんな権力を持っているのは……、水野出羽守なのだ！

「けれど……」

市姫が、媚（こ）びるように、ふふふ……と笑った。

「弟はまだ無役でござりますもの……」

「ほう……。では、大老役にでもせよといわれるのかな」

「あれ……お意地の悪い。たんとおなぶりあそばしませ……」

田沼の鬼姫……。みずから刀をとって、幾度かじゃが太郎兵衛に立ち向かった万寿院市姫が、小娘のような甘えかたである。

「ははは……、許せ許せ、実はな、姫、近々のうちに意明を若年寄に推挙しようと思っているが――」

「若年寄？　あの、弟を若年寄にッ……」

「気に入らぬか？」

「まあ……、とんでもない。わたくしは、せめて、勘定奉行か、寺社奉行にでもと思っておりましたのに……。若年寄とは、思いもかけぬ出世でござります」

「ふふふ……、寺社奉行か。姫、寺社奉行でよければ、あすにでもしてやるぞ」

「あれ、存じませぬ……。若年寄と伺いました上は、寺社奉行はいやでござります。でも……寺社奉行には阿部伊勢守さまがおいでではござりませぬか？」

「伊勢め、憎いやつ。上野の宮家と手を握って、智泉院を目の敵とし、わしに盾をつきおる……近々のうちに、詰め腹を切らせてやらねばならぬわいッ」

さらりッ……と、じゃが太郎兵衛が障子をあけた。

「――残念ながら、出羽どのにそのお指図はできますまい……。出羽どのは、今宵、この場で、あの世へ旅立つことになりましょうからな……」

3

「――よ！　じゃが太郎兵衛ッ……」

そう叫んだのは、出羽守にしなだれかかっていた万寿院市姫だった。

「あ……、太郎さまッ！」

座敷の隅で体を硬くしていた桐江が、夢中でじゃが太郎兵衛に駆け寄った。

「やっ……、そッ、そなたッ、じゃが太郎兵衛のまわし者かッ!?　おこんとやらではなかったのかッ」

すっくと立った市姫が、かみつくように叫んだ。

「――謀るもの謀られる……。破戒僧日海とおこんは、今ごろ、伊勢守の取り調べをうけ、智泉院日道親子の肉食女犯を逐一白状していることであろうよ」

「おのれッ……」

「そればかりではない……。伊勢守どのの屋敷へ忍び込んだ男も、厳しい吟味を受けていよう。かわいや、あの男、わしのために両脚をうしのうてしもうた」

「出会えッ！　曲者じゃッ……」

が……、そう叫んだ市姫は、つつつとすり足で回ってくるじゃが太郎兵衛のすさまじい殺気に、はっと飛びさがっていた。

「――ごめんッ！」

じゃが太郎兵衛は、市姫には目もくれず、ぐいっと出羽守の手首を握っていた。

「あ……、な、なにをするッ」

「出羽どのはご大身……。まして、老中の座にあるひと、斬り捨てる気にはなりませぬ。武士らしく切腹なさるがよい」

「ばッ、ばかなッ。なんでわしが腹を切らねばならぬッ」

「天下のためですよ……。一殺多生。出羽どのが死ねば、万民が助かります」

「は、離せッ！」

そのとき、じゃが太郎兵衛は背後に鋭い太刀風を感じた。

とっさに右へ飛んだじゃが太郎兵衛は、どさっと緋牡丹のように崩れる女の姿に、はっと息をのんだ。

水もたまらぬ居合い斬りに、薙刀を持った腰元がひとり、背筋を斬り裂かれていたのである……。

「――桐江どのッ、この女の手当を頼むッ」

じゃが太郎兵衛は、きっと、出羽守を振り返った。

わずかの間に、出羽守は三人の女に取り巻かれていた。――左右は小太刀を持った腰元、正面でぴたりッと薙刀を構えているのは市姫である。

「――どけッ……」

じゃが太郎兵衛は、一本刀を、ずいっと、市姫の前へ差し出した。

「――斬るがよい……。わらわを斬るがよい……」

市姫は、じっと、じゃが太郎兵衛を見詰めた。

「憎いぞ、市姫……。わしが女を斬らぬのを知って、出羽どのを取り囲んだな」

「いうなッ。今、女をひとり斬ったではないかえッ」

「斬ったのではない。斬らせられたのじゃ。が、刃があの女の肌に触れた瞬間、わしは力を抜いた。あの女は死なぬ……」

そのとき、どどどっ……と、大勢の足音が近づいてきた。――別の棟にいた出羽守の家来たちが、おっとり刀で駆けつけてきたのであろう。

「――いよーっ！」

突然、鋭い気合いが、じゃが太郎兵衛の口をついて飛んだ。

市姫は、ひゅーっと、耳のそばを流れる剣のうなりを聞いたはずである。

じゃが太郎兵衛は、くるりッと、体を回していた。

「――桐江どの、行こうッ……」

じゃが太郎兵衛は倒れた女の血止めをしている桐江を促して、ぱっと庭先へ飛び出した。

「――あっ！　姫さまッ！」

出羽守の左側にいた腰元が叫び声を上げたのはそのときだった。――出羽守がぐらりッと傾いて、もたれかかってきたからである。

「やっ、出羽さまッ！」

市姫は、茫然として、出羽守を見詰めた。青ざめた出羽守が、左の肩口を押さえてあえいでいたのである。——南蛮刀法居合い斬りの極意……。じゃが太郎兵衛は、市姫と腰元のわずかなすきまから、出羽守へ一太刀を浴びせていたのだった。

「——逃がすなッ。追えッ！」

市姫がわれに返って叫んだときには、もう、じゃが太郎兵衛も、桐江の姿も見えなかった。

やがて、市姫の屋敷を、二十人あまりの武士に守られた大名駕籠が出ていった。

供まわりの武士たちは、しわぶきもせず、黙々とついていく。駕籠は、一歩……、また一歩、つまさき立ちで歩くような慎重な歩きぶりである。

駕籠の中では、外科本道の応急手当をうけた水野出羽守が、苦しげな呼吸を続けていたのである。

「——先生……、どうします？」

隅田川の河心に浮かんだ屋形船で、櫓を握っていたお都賀が、屋形の中へ声をかけた。

——市姫屋敷を逃げ出したじゃが太郎兵衛と桐江は、外で待ち受けたお都賀の案内でこの屋形船へ潜み、川の上へ逃げて様子をうかがっていたのである。

「ねえ、先生、あの陰気くさい行列を追いかけて、お駕籠へもう一太刀浴びせかけますか？」

「いや、それより、吾妻橋の下へ船を着けてもらおうか……」

お都賀は、いわれるままに、巧みに櫓を押して吾妻橋の下をくぐり、花川戸の河岸へ船を着けた。

「——ちょっと待っていてくれ……」

じゃが太郎兵衛は、お都賀と桐江を船に残すと、身軽に岸へ上がり、ゆっくり吾妻橋を渡っていった。

やがて、中ほどまで行くと、ふっと笑いを浮かべて立ち止まった。——向島の土手を、提燈（ちょうちん）が十五、六、吾妻橋のほうへ走ってくるのが目に入ったからである。

提燈はたちまち橋にかかり、入り乱れた足音が聞こえてくる。かつかつと響くのは馬の蹄（ひづめ）の音だった。

　長さ七十六間……。隅田川の両岸を結ぶ吾妻橋を、一気に押し渡ろうとした一団の前に、じゃが太郎兵衛がぬっと立ちふさがったのである。

「――どけッ！」

　提燈を持った男が叫んだ。

「中野石翁さまのご馬前なるぞッ」

「わしはその石翁を待っていたのじゃよ」

「なにッ！」

　男が歯をむき出した。が……、じゃが太郎兵衛は、すいッと男の横をすり抜けて、馬上の中野石翁に近づいていった。

「石翁どの……。出羽どののけが見舞いか？」

「よっ！　そ、そのほうはッ！」

「ジャガタラじゃ……久しぶりよのう……」

「えーっ！」

　石翁が、びしっと、馬の尻（しり）に鞭（むち）を入れた。

　ひーんと馬が両脚をあげ、じゃが太郎兵衛を抱えこもうとした。

「——たーっ！」

　じゃが太郎兵衛が馬の腹の下をくぐった。人と馬の悲鳴が同時に起こり、石翁と馬は水音高く大川の水へ姿を消していた。

「やっ、おのれッ！」

　提燈を捨て、刀を構える武士たちをじろりと見まわしたじゃが太郎兵衛が、あざけるようにくすりッと笑った。

「わしに斬られたいか？　斬られたくないものは、水の中の主人を捜せ……」

　侍たちは、慌てて河岸へ、船を探しに走っていった。


　次の日の昼近く……。

　じゃが太郎兵衛は、上野の宮さまのお居間で、お薄をいただいていた。

「太郎……、そちの郷里は仙台であったな」

「ということになっておりまする」

「六百年の昔、鎌倉幕府樹立ののち、頼朝、義経不和となり、義経は奥州平泉に逃れた。その途中、義経はひとりの子を伊達家の祖先に預けていった。太郎はその預けられた義経の子の子孫じゃと聞いたが……」

「と言い伝えられておりまする」

「されば、源氏の直系じゃな？」

「もはや、直系も傍系もござりませぬ。源平藤橘（げんぺいとうきつ）、おしなべて日本の民でござります」

「どうじゃ……。久しぶりに、奥州を歩いてこぬか？」

「わたくしがいては都合が悪うござりますか？」

「いやいや……。太郎のほうが、江戸にいたくなくなるのではないかと思うてな……。太郎、水野出羽守は急病じゃそうな。助かると思うか」

「ははは……、まず助かりますまい」

「中野石翁はひどい発熱でのう。その上、右脚に大きな傷を受けたそうじゃ。これも助からぬかもしれぬ」

「まだ……、智泉院日道と、お美代の方が残っておりますな」

「もうよかろう……。出羽守と石翁が姿を消せば、天下の姿はおのずからあらたまる……。太郎、しばらく江戸を離れぬか……。お都賀、桐江、香代はわしが預かっておくが……」

「では、二、三カ月、歩いてきますかな……」

それからしばらくして、上野のお山を降りたじゃが太郎兵衛は、そのまま……千住(せんじゅ)のほうへ足を向けた。

――いまはすでに思い残すことはない……。

いつものままの着流しに陣羽織姿。じゃが太郎兵衛は、隣へでもお茶を飲みに行くような格好で、奥州路へ足を向けていた。

本作品中に差別的ともとられかねない表現が見られますが、著者がすでに故人であることと作品の文学性・芸術性に鑑み、原文のままとしました。

（春陽堂書店編集部）

『素浪人無惨帖』覚え書き

初　出　じゃが太郎兵衛無惨帖「小説サロン」（大日本雄弁会講談社）
昭和33年1～12月号

初刊本　講談社〈ロマンブックス〉　昭和34年2月　※『じゃが太郎兵衛無惨帖』

再刊本　青樹社　昭和38年5月　※『素浪人無惨帖』と改題
青樹社〈青樹社特選〉　昭和40年8月
桃源社〈ポピュラーブックス〉　昭和42年3月
桃源社〈ポピュラーブックス〉　昭和49年4月
春陽堂書店〈春陽文庫〉　昭和58年11月

（編集協力・日下三蔵）

春陽文庫

素浪人無惨帖

2023年6月25日　新版改訂版第1刷　発行

著者　島田一男

発行者　伊藤良則

発行所　株式会社　春陽堂書店
〒一〇四―〇〇六一
東京都中央区銀座三―一〇―九
KEC銀座ビル
電話〇三（六二六四）〇八五五（代）

印刷・製本　株式会社　加藤文明社

乱丁本・落丁本はお取替えいたします。

本書のご感想は、contact@shunyodo.co.jp にお願いいたします。

定価はカバーに明記してあります。

ISBN978-4-394-90450-2　C0193